가토 슈이치의

# 독서만능

가토 슈이치의

# 독서 만능

가토 슈이치 **지음** 이규원 **옮김**

사월의책

# 가토 슈이치의 독서만능

1판 1쇄 발행 2014년 8월 5일
1판 3쇄 발행 2017년 3월 10일

지은이 가토 슈이치
옮긴이 이규원
펴낸이 안희곤
펴낸곳 사월의책

편집 박동수
디자인 김현진

등록번호 2009년 8월 20일 제396-2009-126호
주소 경기도 고양시 일산동구 무궁화로 7-45 451호
전화 031)912-9491 | 팩스 031)913-9491
이메일 aprilbooks@aprilbooks.net
홈페이지 www.aprilbooks.net
블로그 blog.naver.com/aprilbooks

ISBN 978-89-97186-36-5 03800

* 책값은 뒤표지에 있습니다.
* 이 도서의 국립중앙도서관 출판예정도서목록(CIP)은 서지정보유통지원시스템 홈페이지(http://seoji.nl.go.kr)와 국가자료공동목록시스템(http://www.nl.go.kr/kolisnet)에서 이용하실 수 있습니다.
(CIP제어번호: CIP2014021617)

"책을 읽을 때는 누구나 그 책에서 자기 자신을 읽는다."

## 차례

들어가는 말 …8

### 1부 어디서 읽을까? 독서의 장소

Chapter 1 누워서 읽어도 괜찮아 …11

Chapter 2 여행과 독서 …25

## 2부 어떻게 읽을까? 독서의 기술

Chapter 3 느리게 읽는 '정독술' …41

Chapter 4 빨리 읽는 '속독술' …67

Chapter 5 책을 읽지 않는 '독서술' …99

Chapter 6 외국어 책을 읽는 '독해술' …123

Chapter 7 신문잡지를 읽는 '간파술' …145

Chapter 8 어려운 책을 읽는 '독파술' …165

Epilogue 후기, 또는 30년 후 …197

## 들어가는 말

어떤 책을 읽어야 좋을까. 이에 대해 일반적으로 이렇다 저렇다 말할 수 있는 기준은 있을 수 없다. 어떤 사람을 사귀어야 하는가에 대하여 누구에게나 통하는 기준이 있을 수 없는 것과 마찬가지이다. 어떤 여자에게 프러포즈를 해야 하느냐 하는 것은 때와 장소, 남자의 상황에 따라 다른 법이다. 미인의 표준을 센티미터 단위로 정해 두고 표준에 가장 근접한 사람에게 1등 상을 줄 수는 있겠지만, 이것은 또 다른 이야기일 것이다. 1등이니까 프러포즈를 하고 10등이니까 외면해야 하는 것은 아니지 않은가.

이를테면 역사적으로 영향력이 대단했던 책을 꼽을 수는 있다. 그렇다고 해서 그 책을 꼭 읽어야 하는 것은 아니다. 일본 고전 문학을 대표하는 소설 『겐지 이야기』가 후대에 커다란 영향을 끼쳤다는 데는 아무도 이의를 달지 않겠지만, 요즘 일본 작가들을 봐도 그 고전을 읽어 본 작가를 헤아리는 것이 읽지 않은 작가를 헤아리는 것보다 훨씬 빠를 것이다. 소설가들이 이럴진대 일반 독자들은 어떻겠는가.

물론 문학만이 독서의 대상은 아니다. 문학에는 당연히 고전이라는 것이 있지만, 자연과학이나 사회과학에서는 그런 차원의 고전을 꼽기가 어렵다. 또 현대인이 읽는 것은 태반이 신문이나 잡지이다. 독서에 대하여 일반적으로 논하는 자리인 만큼 당연히 읽을거리 전반을 놓고 이야기해야 할 것이다. 실제로 이 책에서 구체적인 사례로 드는 것은 문학만이 아니라 자연과학, 사회과학, 역사, 철학, 신문과 잡지 등을 망라한다. 따라서 무엇을 읽어야 한다는 이야기는 있을 수 없고, 또 그런 이야기는 꺼내지도 않았다.

그러나 어떤 사람에게 프러포즈를 할 것인가에 대하여 일반적으로 이야기할 수 없다고 해서 어떻게 사람을 매혹시킬 것인가 하는 이야기가 불가능하다는 말은 아니다. 프러포즈에는 예로부터 온갖 수단과 방법이 동원되어 왔다. 무엇을 읽어야 하는가에 대해서는 일반론이 성립할 수 없지만 '어떻게 읽을 것인가'에 대해서는 일반론이 가능하다. '독서술'이 바로 그것이다. 상대방이 누구냐에 따라 이쪽의 접근법도 달라져야 할 것이고, 이쪽의 소망에 맞게 수단도 궁리해야 할 것이다. 여하튼 이런저런 방법들을 생각해 볼 수 있다.

이 책은 말하자면 내가 책과 함께할 때 취해 온 이런저런 방법들을 누구나 쉽게 이해할 수 있도록 이야기한 것이다. 누구나 쉽게 이해할 수 있는 글이란 논지가 명확한 글일 테고, 논지가 명확한 글이란 옛사람들도 말했듯이 '숙고'의 결과일 것이다. 독서에서 가장 중요한 것이 바로 이것이라고 해도 좋을지 모른다. 적어도 나는 그런 생각으로 이 책을 썼다. 성공 여부에 대한 판단은 독자 여러분의 몫이다.

나는 오랫동안 닥치는 대로 책을 읽어 왔다. 사람들은 그런 것을 '마구잡이 독서'라고 하는 모양이다. 마구잡이 독서의 병폐를 말하는 사람도 있지만, 나는 그런 말을 수긍하지 않는다. 마구잡이 독서는 내 인생의 일부이며, 인생의 일부인 만큼 기계 부품처럼 쉽게 교체할 수 있는 것이 아니다. 마구잡이 독서의 병폐란 존재하지 않으며 오직 즐거움이 있을 뿐이다. 그러므로 이 책은 독서에 대한 내 나름의 수단과 방법, 즉 내 인생의 즐거움을 공개하는 것이라고 할 수 있겠다.

1962년 9월 30일

캐나다 브리티시컬럼비아 대학에서

가토 슈이치

Chapter 1

# 누워서 읽어도 괜찮아

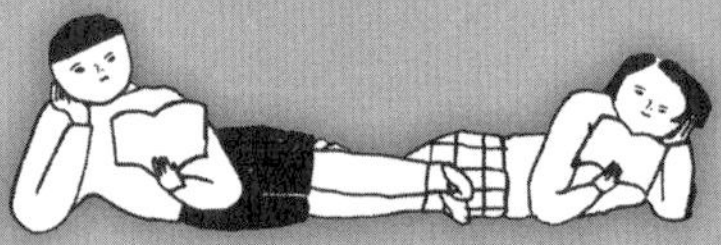

## 영화나 텔레비전이 책을 당하지 못하는 이유

텔레비전이 보급되면서 영화관 관객이 줄어든 것은 사실이다. 그러나 '시청각 문화'가 활발해지면 독서 인구가 줄어들 것이라는 이야기는 아무래도 사실 같지가 않다. 이는 상식에 비추어 보더라도 쉽게 짐작할 수 있다.

애초에 텔레비전의 가장 큰 기능은 나들이 가기 좋아하는 사람을 집 안에 묶어 두는 것이다. 동료 가운데 하나가 "나는 먼저 집에 갈게."라고 말하면, 예전에는 누구나 '공처가'를 짐작했고, 그가 청소년이라면 양갓집의 반듯한 가정교육을 짐작했다. 그러나 요즘은 양갓집이란 것이 있는지 의심스럽고, '공처'의 존재는 지금도 변함이 없다지만 적어도 그런 말이 유행하지는 않는다. 이제는 동료가

"나는 먼저 집에 갈게."라고 말하면, 거실 소파에 앉아 프로야구나 스모 중계를 보고 싶은 게로군, 하고 짐작하는 것이 보통이겠다. 실제로 나는 얼마 전에 어느 신앙심 깊은 노부인과 사찰 순례를 한 적이 있다. 마침 그날은 스모가 시작되는 첫날이라 오후에 텔레비전 중계가 예고되어 있었는데, 도시에서 멀리 떨어진 사찰을 순례하던 노부인이 불쑥, "저는 먼저 돌아갈게요."라고 말했던 것이다. 프로야구나 씨름이 신앙보다 세더라고 너스레 떨려는 것이 아니다. 내가 하고자 하는 말은 텔레비전이 사람들을 일찍 귀가하게 하는 기능, 즉 나들이 방지 기능이라고 할 만한 매우 강력한 힘을 갖고 있다는 것이다. 영화는 보통 영화관에서 보게 마련이지만 책은 대개 집에서 본다. 강력한 나들이 방지 기능은 영화에 비우호적이고 독서에 우호적이겠다. 독서를 방해하는 것이 있다면 나들이를 방해하는 텔레비전이 아니라 나들이를 부추기는 골프나 자동차나 주점, 혹은 대략 그와 비슷한 여러 시설들일 것이다.

오락이란 점에서 보자면 텔레비전과 영화는 꼭 닮았다. 보는 사람은 수동적으로 앉아만 있으면 화면이 알아서 시청자를 적당히 즐겁게 해준다. 이 두 가지는 이렇게 꼭 닮았으므로 둘 가운데 어느 것 하나만 있으면 충분하다는 생각이 드는 것도 당연한 일이다. 그런데 책을 읽을 때 독자는 얼마간 노력을 기울일 필요가 있다. 또 읽는 속도를 독자가 조절할 수도 있고 따분한 대목은 건너뛸 수도 있다. 재미난 대목은 두 번 읽을 수도 있고, 옛사람들이 말하듯이 잠시 책장을 덮고 장탄식을 흘릴 수도 있다. 책을 읽으며 할 수 있는 이런 행동들은 영화나 텔레비전을 보면서는 도저히 불가능하다. 요컨대 책을 읽을 때가 수신자의 자유가 더 크고 자신의 의지나 노력으로 해결할 수 있는 범위가 더 넓다는 것, 즉 태도가 더 적극적으로 된다는 것이다. "오늘은 피곤하니까 영화나 볼까?"라고 말할 수는 있지만, "피곤하니까 책이나 볼까?"라고 말하는 사람이 별로 없는 것도 그 때문이고, 애초에 독서법이란 것은 논할 수 있지만 영화나 텔레비전 시청법이란 것이 별 의미가 없는 것도 그 때문이다. 한쪽은 수동적인 즐거움이고 한쪽은 능동적인 즐거움인데, 수동적인 즐거움이 늘어난다고 해서 능동적인 즐거움을 찾지 않게 되는 것은 아니다. 오락의 성질이 전혀 다르므로 이른바 시청각 '문화'나 '오락'은 독서의 즐거움을 방해하는 것은 아닐 것이다.

그러나 텔레비전은 오락 프로그램만 있는 게 아니라 약간의 지적 호기심을 자극하는 프로그램도 내보내고 있다. 예를 들면 헌법에 대한 좌담회라든지 댐 건설 현장 모습 같은 것은 '헌법'이나 '댐 건설'에 대한 호기심을 자극한다. 그러나 호기심을 충분히 만족시킬 만한 정돈된 지식을 주는 경우는 거의 없다. 덕분에 '헌법' 또는 '댐 건설'에 관한 정돈된 지식을 독서를 통해 얻고자 하는 욕구가 생길 수도 있다. 그렇다면 텔레비전은 독서를 방해하지 않을뿐더러 오히려 부추기는 쪽으로 작용할 것이다. 적어도 그런 일면이 있을 수 있다고 본다.

이렇듯 독서는 텔레비전이나 영화를 보는 것과 닮지 않았다. 그렇다면 독서는 인간의 어떤 행위를 닮았을까?

## 독서와 잠과 사랑

예전에 파리에 있는 어느 시인의 집에서 지낸 적이 있는데, 한번은 침대에서 책을 읽는 것에 대하여 그 시인과 대화를 나누었다. "침대에서 책을 읽습니까?" 하고 내가 묻자 시인은 "천만에요." 하고 냉큼 대답했다. "침대에서 할 일은 두 가지가 전부죠. 잠을 자거나 사랑을 하거나." 하지만 나는 그 시인의 말에 동의하지 않는다. 한 가지 더, 독서가 있으니까. 그런데 실은 독서와 앞의 두 가지 행위는 매우 닮았다.

첫째, 독서는 잠자기와 비슷하다. 글씨만 잘 보인다면 방은 밝지 않은 편이 좋고, 열린 공간보다는 닫힌 공간이 좋다. 그리고 잠에나 독서에나 가장 중요한 조건은 조용해야 한다는 것이다. 옛날 17세기 암스테르담에 살던 한 서양 철학자는 파리의 친구에게, 이곳에서는 책을 자주 읽을 수 있고 잠도 푹 잘 수 있다, 하루에 열 시간을 잔다고 편지에 썼다. 또 일본의 시인 이시카와 조잔(1583~1672)은 교토 히가시야마의 산비탈에 산장과 정원을 짓고 만년의 삼십 년을 보냈다. 그의 생활이 얼마나 고즈넉했던지 산에서 자꾸 사슴이 내려와 정원을 망가뜨렸다고 한다. 그래서 조잔은 냇물을 이용하여 일정한 시간을 두고 대나무 통으로 바위를 쳐서 소리를 내는 '시카오이'라는 장치를 고안해야 했다. 조잔은 고서를 자주 읽었다. 그러다가 아마 종종 졸기도 했을 것이다. 지금도 대형 도서관의 조용한 열람실에 가보라. 거기 있는 사람들은 태반은 책을 읽고 태반은 자고 있을 것이다. 생각건대 독서와 수면의 밀접한 관계는 동서양을 불문하고 고금이 다르지 않다. 그렇다면 아예 잠자리에서 책을 읽는 것이 안성맞춤 아닐까?

둘째, 독서는 또한 사랑의 행위와 닮았다. 사랑을 할 때 당신은 온갖 인간관계에서 벗어나 단 한 사람과의 관계에만 몰두한다. 이 관계에서 당신은 다소 적극적인 역할을 하며 결코 영화 관람처럼 완전히 수동적일 수는 없을 것이다. 상대방은 꾀를 부리고 유혹하고 자극하고 복선을 깔고, 비밀을 암시할 뿐 속 시원히 밝히지 않아서 당신을 감질나게 하고, 마침내 비밀을 드러낼 때는 그 효과가 최대치가 되도록 궁리한다. 당신은 상대방의 꾀를 간파하지 못하는 경우도 있지만, 간파하고서도 짐짓 모르는 척하는 경우도 있겠다. 일부러 함정에 빠져 주는 것도 색다른 즐거움일 수 있으니까. 독서와 사랑의 행위처럼 꼭 닮은 두 가지 행위가 또 있을까? 침대를 한 가지 용도로만 사용하는 것은 합리적인 도구 사용법이라고 할 수 없다.

## 책은 누워서 읽는 것

물론 옛날에는 단정하게 앉아서 책을 읽는 것을 이상으로 알았다. 또 실제로 그렇게 했는지도 모른다. 에도 시대(1603~1868) 학자들의 초상화를 보면 책상 앞에 무릎을 꿇고 앉은 모습이 많은데, 누워서 책을 읽는 모습은 옛날 시 정도에나 등장하는 것 같다. 초상화는 대개 이상적인 모습을 그리게 마련이다. 그러나 이 무릎 꿇는 자세가 불편하고 부자연스러운 것은 더 말할 것도 없다. 우리 신체의 생리적, 해부학적 조건 때문에 이 자세로는 오래 버티기가 힘들다. 수련을 거듭해서 익숙해지면 고통은 줄어들 것이다. 그러나 애초에 더 편한 자세가 있는데 굳이 부자연스러운 자세를 이상형으로 삼아야 할 까닭이 있을까? 자꾸 하다 보면 고통이 줄어든다는 것만으로는 설득력이 부족하다. 이렇게 누구에게나 불편하고 부자연스러운 자세가 어째서 독서의 이상적인 자세로 여겨지게 되었을까?

몸과 마음이 밀접한 관계에 있다는 것은 치통이 심하면 공부에 몰두하기가 힘들다는 것만 봐도 자명하다. 작은 뾰루지 하나에도 온 신경이 쓰이게 마련이다. 역으로 감정의 동요는 몸으로 드러난다. 그래서 우리는 눈물을 그렁거리고 손에 땀을 쥐고 낯을 붉히는 것이다. 이것들은 의심할 여지가 없는 사실이다. 그러나 몸과 마음의 관계를 더 깊이 파헤쳐 보려고 하면 1인 1설까지는 아니더라도 사람마다 각기 주장하는 바가 다름을 알 수 있다. 그렇게 저마다 다른 의견들을 정리해 보면 몸이 마음에 미치는 영향을 강조하는 설과, 마음이 몸에 미치는 영향을 강조하는 설, 이렇게 두 가지로 나누어 볼 수 있다.

일부 심리학자들은 몸이 마음에 미치는 영향을 강조한다. 예를 들면 기도하고 싶은 마음이 들어서 무릎을 꿇는 것이 아니라 무릎을 꿇었기 때문에 기도할 마음이 생긴다는 논리이다. 그 논리를 적용해 보면, 무릎을 꿇고 앉으면 기분이 차분해지고 정신이 안정되어 책을 읽자는 마음이 자연스레 생겨난다는 것이 된다. 불가에 좌선이라는 것이 있다. 선문답이라고 하면 흔히 종잡기 힘든 문답을 말하고 실제로 그렇게 전개되는 경우가 많은 것도 사실이지만, 본래 선종이란 그렇게 종잡을 수 없는 무엇이 아니라 교묘하게 설계된 정신 훈련법이었다. 훈련의 목적은 강한 자제력으로 정신의 평정을 이루는 것이며, 강한 자제력을 양성하는 방법으로서 몸과 마음의 관계에 착안하여 먼저 몸이 마음에 미치는 영향을 이용하려 했던 것이다. 그 이용 방법은 일부 심리학자들이 말하는 바와 꼭 닮았다. 그래서 좌선이 시작되었을 것이다. 그러나 에도 시대의 학자들이 그런 발상 때문에 무릎 꿇는 자세로 독서하기를 권했던 것은 아니다. 다만 무릎 꿇는 자세를 이상적인 독서 자세로 보는 생각을 그런 발상으로 얼마간 합리화할 수도 있었을 것이라는 말이다.

에도 시대의 일부 유학자들은 오히려 마음이 몸에 미치는 영향을 더 강조했다. '심학'心學이라는 말이 잘 말해 주듯이, 인간의 활동과 삼라만상이 모두 마음에서 비롯된다, 마음이 바르면 자세도 바르게 된다는 발상이다. 이런 '마음' 중심의 발상은 에도 시대에 보급되었다. 에도 시대에 보급된 것은 대체로 메이지 시대(1868~1912) 이후까지 이어졌으므로 지금도 그런 발상이 남아 있다고 봐도 좋을 것이다. 물론 그런 발상에도 일리는 있다. 그런데 마음이 바르면 자세도 바르게 된다는 논리에서 '마음이 바르다' 쪽은 일단 젖혀 두고, '자세가 바르다'라는 것은 과연 무엇을 의미할까? 옛날 중국인은 "진眞은 행行을 낳고, 행은 초草를 낳는다. 진은 똑바로 선 것과 같고 행은 걷는 것과 같고 초는 달리는 것과 같다."(소동파의 『지림』志林)라고 했다. 이 말은 서체의 진행초眞行草(한자의 해서, 행서, 초서—옮긴이)를 서다, 걷다, 달리다와 같은 신체 동작에 빗댄 것이다. 이런 비유를 응용하자면, 진은 무릎 꿇은 자세와 같고 행은 비스듬히 앉은 자세와 같고 초는 누운 자세와 같다고 할 수 있겠다. 실제로 "이제 그만 자세를 허물고 편히 앉으세요."라고 말하기도 한다. 서체를 말할 때도 진에서 행으로 바뀌고 행에서 초로 바뀌는 것을 두고 역시 '글자를 허물다'라고 표현한다. 그런데 서체의 진행초에서는 진을 '바른 것', 행이나 초를 '그른 것'으로 보는 것은 아니다. 좋고 나쁘고 하는 관점에서 진행초의 무엇은 좋고 무엇은 나쁘다는 것은 아닐 것이다. 요컨대 분명한 것은 세 가지 서체가 있다는 사실, 그리고 그 세 가지 중에서는 아마 진이 기본인 것 같다는 것뿐이다. 무릎 꿇기, 편히 앉기, 눕기라는 세 가지 자세에 대해서도, 분명한 것은 세 가지의 서로 다른 자세가 있다는 사실뿐이다. 그 중에서 무릎 꿇기가 기본자세일 거라고 추정하는 것은 일본의 풍속과 관습에 따른 것일 뿐 다른 이유는 없다. 하물며 좋고 나쁘고 하는 관점에서 무릎 꿇기가 눕기보다 더 바른 것이라고 생각할 이유는 전혀 없다. '바른 자세'라고 할 때의 '바른'은 아무래도 의미가 분명치 않다. 의미가 분명치 않은 구절에 너무 오래 매달리지 않는 것이 시간을 아끼는 길일 것이다.

## 책상은 불필요하다

물론 몸과 마음은 서로 관계가 있다. 그러나 그 관계는 첫째, 한정된 것이고, 둘째, 종종 역설적인 것이다.

'정신일도 하사불성'精神一到 何事不成(정신을 한곳에 기울이면 어떤 일이든 이룰 수 있다는 뜻—옮긴이)이라는 말은 적어도 신체에 관한 한 매우 과장되었다고 하지 않을 수 없다. 아무리 정신을 한곳에 기울여도 키 작은 사람이 커지는 것은 아니고 뚱뚱한 사람이 날씬해지지는 않는다. 전염병을 막으려면 정신 수양보다 항생제 주사가 훨씬 효과적이다.

'건전한 신체에 건전한 정신이 깃든다.'라는 말도 '건전한 정신'이 어떤 정신인지를 분명히 하지 않는 이상 별 의미를 갖지 못하는 말이다. 적어도 지적 능력에 관한 한 야구나 권투, 혹은 기타 종목의 운동선수들이 일반 사람들보다 뛰어난 것도 아닌 듯하다. 예술적 창조력이라면 오히려 병자가 더 나은 작품을 남기지 않았나 하고 짐작케 하는 사례가 많다. 사에키 유조('일본의 고흐'라고 불리는 서양화가, 1898~1928)는 젊어서 병사했다. 나쓰메 소세키(일본 근대 문학의 거장, 1867~1916)는 위장병으로 고생했다. 우치무라 간조(일본의 기독교 사상가, 1861~1930)는 병약한 체질이었다고 한다. 일본만 그런 것이 아니다. 소설의 개념을 근본적으로 바꿔 놓았다고 평가되는 도스토예프스키(러시아의 소설가, 1821~81)와 마르셀 프루스트(프랑스의 소설가, 1871~1922)는 모두 병자였다. 한 사람은 간질을 앓았고, 또 한 사람은 주요 작품을 대개 병실에서 썼다.

독서는 마음의 몫이다. 그래서 '한번 책을 잡으면 다 읽을 때까지 침식을 잊는다.'라는 말도 있는 것이다. 기왕에 자는 것도 먹는 것도 잊었다면 아예 몸을 잊는 것이 독서의 이상이 아닐까? 그렇다면 어떻게 하면 몸을 잊을 수 있을까? 물론 가장 편한 자세여야 할 것이다. 일반적으로 어떤 자세가 가장 편한 자세일까? 침대에 눕는 것도 좋고 폭신한 의자에 파묻히는 것도 좋겠다. 다다미방이라면 기둥에 기대거나 책상에 한쪽 팔꿈치를 괴고 다리를 번갈아 꼬아가며 자세를 바꾸는 것이 편하겠다. 여하튼 단정하게 앉은 자세는 아니라는 것이 분명하다. 원래 책상은 독서에 꼭 필요한 도구는 아닐 것이다.

나는 독서에 책상을 이용하는 것은 꼭 필요한 경우로 제한하는 것이 좋다고 생각한다. 이를테면 책이 크고 무거워 손으로 들고 있기가 힘겨울 때, 여러 권을 동시에 참조하거나 사전을 사용할 때, 또는 읽으면서 글을 쓰거나 특히 '타이프라이터'를 사용할 때 등이다. 그럴 때는 책상 앞에 앉는 것이 편리하다. 그런 경우가 아니라면 굳이 책상 앞에 자세를 바로 하고 앉을 필요는 없다고 본다.

Chapter 2

# 여행과 독서

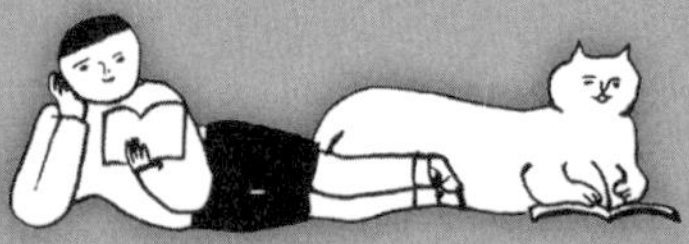

## 신비한 세계로 가는 여행

그러나 책을 집에서만 읽는 것은 아니다. 도서관에서 읽을 수도 있고 연구소에서 읽을 수도 있다. 그런 곳은 책을 읽기 위한 시설이라고 할 수 있지만, 꼭 그런 곳이 아니라 가령 사무실에서도 책을 읽을 기회는 많다. 업무 내용에 따라서는 상거래를 위해, 혹은 시장조사를 위해 참고 문헌을 찾아서 읽을 필요도 있을 것이다. 또 업무가 한가할 때는 사무실에서 심심풀이로 책을 읽는 경우도 있을 것이다. 가령 안내 데스크 담당자가 소설에 푹 빠진 나머지 고객이 다가온 것도 모르고 있다가 고객이 말을 건네자 깜짝 놀라서 고객이 무엇을 물었는지 모르는 경우도 종종 있다.

나는 학창 시절부터 책 없이 외출하는 경우가 거의 없었고 이것은 지금도 마찬가지이다. 언제 어떤 일로 윗사람에게 "잠깐 기다리게."라는 말을 듣고 한 시간쯤 기다려야 하는 일이 없다고 장담할 수 없다. 그럴 때 상대가 아무리 윗사람이라도 나에게 대비가 없으면 짜증이 날 것이다. 하지만 품에서 모리 오가이(일본의 소설가, 1862~1922)의 소설 한 권을 꺼내서 읽을 수 있다면 내가 곧 만날 사람이 대단히 높은 사람이라도 오가이만큼 대단할 수는 없게 마련이다. 기다려야 하는 것이 유감스럽기는커녕 도리어 만날 시간이 돼서 오가이의 문장을 중도에 접어야 하는 것이 유감스러울 따름이겠다. 꼭 높은 사람이 아니라도 인생을 살면서 우리를 기다리게 하는 사람은 한두 명이 아닐 것이다. 하지만 나는 상대가 치과 의사든 묘령의 여인이든, 아니 이 나라 어느 관청의 어느 창구이든 마음을 졸이며 기다리는 일이 거의 없다. 급한 약속을 앞두고 있지 않는 한, 또는 기다리는 장소가 육체적 고통을 주는 곳이 아닌 한, 나는 늘 가슴을 뛰게 하는 책 한 권을 가지고 있고, 그 책을 읽는 것은 치과 의사나 관청의 공무원, 혹은 묘령이지만 지성이 예리하지 못한 부인과 이야기하는 것보다 훨씬 재미있는 일이다.

그러나 집을 젖혀 둘 경우, 외출하면서 책을 읽을 기회가 가장 많은 것은 뭐니 뭐니 해도 교통수단을 이용할 때일 것이다. 특히 여행에 나설 때는 뭐든 읽을거리를 준비해 가는 사람이 많을 것이다.

여행하면서 책을 읽는 까닭은 단순히 탈것 안에서 한가한 시간이 많기 때문만은 아니다. 독서와 여행 사이에는 매우 깊은 관계가 있다. 여행은 평소의 낯익은 풍경이나 지인의 얼굴, 일상생활, 혹은 평소 품고 있는 근심이나 희망에서조차 다소간 거리를 두고 낯선 세계로 떠나게 해준다. 마찬가지로 책을 읽는다는 것은 활자에 얼마간의 상상력을 보태서 우리 신변에서 다소 다른 세계로 건너가는 것이다. 그 세계에서는 미남미녀가 꿈같은 사랑을 나누고 있을지 모르고 영웅호걸이 숨 막히는 모험을 하고 있을지도 모른다. 또 머나먼 타국의 기묘한 풍속이나 은하수 너머의 우주, 육안으로 볼 수 없는 극미 세계의 신비가 있을지도 모른다. 어쨌거나 여행을 떠나는 것, 책을 펼치고 첫 페이지를 읽는 것은 주변 세계에서 탈출하는 것이다. 애초에 여행과 독서는 정서적으로 매우 닮은 행위이다.

## 독서하기 좋은 장소

여행을 하면서 책을 읽으려면 행선지는 잠시 젖혀 두고 탈것을 선택해야 한다. 탈것의 종류에 따라서 읽을 책의 종류, 혹은 적어도 책의 무게가 달라질 것이다. 여행이 아니라도 본래 이 세상에서 독서에 가장 어울리는 장소는, 내가 알기로는 외양 항로를 운항하는 배, 그것도 여객선보다는 화물선이라고 본다. 여객선에는 역시 승객이 많다. 항로가 길면 이런저런 인연이 생겨나고 기쁜 일, 슬픈 일도 생겨날지 모른다. 또 유흥 시설도 있고 수영장이나 영화관처럼 시간을 때울 시설도 있게 마련이다. 항해도 일정표대로 진행되므로 뜻밖의 한가한 시간이 생겨날 여지도 거의 없다. 반면에 화물선에는 승객이 적어서 대개 네다섯 사람일 때가 많다. 선박은 승객이 아니라 화물을 위한 수단이어서 오락 시설도 없고, 기항지와 그 항구에 머무는 기간도 명확하게 정해져 있지 않다. 항해가 길어지면 바다 위에서 한 달, 혹은 그 이상도 생활하게 된다. 신문도 배달되지 않고 라디오나 전화도 없고 방문객도 없고 할 일도 없는 한 달 동안은 요컨대 먹고 자는 것 말고는 할 일이 전혀 없다. 다만 한 가지 예외가 바로 독서이다. 물론 원양 항해는 기회가 그리 흔한 것은 아니다.

평소 우리가 여행할 때 이용하는 교통기관은 주로 신칸센이나 전차일 것이다. 이 역시 독서에는 더없이 좋은 장소이다. 글을 쓰기에는 진동이 심하지만 책을 읽는 데는 불편하지 않을 만큼만 흔들린다. 실제로 전차 안에서 책이나 잡지를 읽는 사람은 많다. 물론 옆자리 승객이 말을 걸 수도 있다. 그게 실속 있는 얘기든 실없는 얘기든 예의상 상대를 해주다 보면 어느새 목적지에 다다르고 마는 경우도 많다. 그런 점에서는 내가 알기로는 영국 전차가 독서에 가장 좋다. 그 신사의 나라에서는 낯선 사람에게 결코 말을 건네는 일이 없기 때문이다. 게다가 외국인이라면 그 나라 언어를 몰라서 어차피 대화가 쉽지 않으니 어디나 마찬가지인지 모른다. 언어가 전혀 통하지 않으면 아무리 대화를 좋아하는 승객이라도 금방 입을 다물어 버릴 것이다. 그러나 일본의 전차에서는 그렇지 되지 않는다. 상대방이 말을 걸면 아무래도 상대해 주지 않을 수 없다. 그러나 몹시 붐비지만 않는다면 청결하고 밝은 일본의 공공교통 기관은 대체로 독서에는 참으로 이상적인 장소에 가깝다.

비행기 여행은 어떠냐 하면, 보통은 운항 시간이 짧아 책을 읽을 시간이 별로 없다. 그래도 수하물 무게 제한을 피해 기내에 자유롭게 반입할 수 있는 수하물에는 자잘한 신변 잡화 외에 여행 중에 읽을 책도 넣어 둔다. 책은 부피에 비해 무거운 물건이므로 여행 가방에 넣기보다는 옆구리에 끼고 승선하여 비행 중에 읽는 것이 좋다. 책이 크고 무거울수록 '구름 위의 독서'에 알맞다고 해야겠다. 예를 들어 셰익스피어 전집을 한 권에 합본해 놓은 책 한 권 같은 것이다. 물론 이 책은 설령 비행기로 세계 일주를 하더라도 다 읽기는 힘들겠지만 말이다.

## 미국의 자동차 여행

다만 요즘 전염병처럼 퍼져 전국을 휩쓸 조짐을 보이는 자동차 여행은 독서라는 점에서 보자면 가장 불편하고 가장 재미가 떨어지는 여행법이 분명하다. 자동차를 운전하면서 책을 읽을 수는 없다. 라디오를 듣거나 동승한 사람과 가벼운 대화를 하거나, 약간의 위험을 무릅쓰고 옆자리 여자 친구의 어깨를 안거나 하는 정도가 고작일 것이다. 버스라면 물론 대화는 자유롭게 할 수 있다. 책을 읽는 것도 어렵지는 않지만 '차량이 심하게 흔들릴 수 있으니 조심하시기 바랍니다.'라는 안내 방송이 나오는 도로에 접어들면 독서는 곤란하다. 미국에는 자동차가 많다. 버스를 이용한 저렴한 여행도 발달했지만 그보다는 손수 차량을 운전해서 여행하는 사람이 많다. 차를 운전하는 사람이 바라봐야 하는 것은 책도 아니고 경치도 아니다. 도로 표식이나 신호등, 앞 차량의 미등 정도가 고작이다. 아무리 시시한 책이라도 사람의 지능을 계발하고 정서를 함양하는 데는 신호등이나 앞 차량의 미등보다는 유용할 것이다. 대부분의 국민이 자동차를 몰고 돌아다니는 미국에—지금은 미국만 그런 것도 아니지만—여전히 문화가 살아남아 있는 것이 참으로 신기해 보이기도 한다.

### '통근전차 교실'

그러나 교통수단과 우리의 인연은 여행에 국한되지 않는다. 매일 이용하는 통근 전차도 있다. 예를 들어 도쿄 도심으로 출근하는 사람은 대개 편도 한 시간에서 두 시간쯤 걸리는 외곽에 집이 있을 것이다. 다시 말하면 적어도 하루 평균 2시간 이상은 통근 전차 속에서 지내고 있다는 것이다. 하루 평균 2시간이면 한 달에 대략 48시간, 1년에 24일, 즉 1년 열두 달 중에 대략 한 달 정도이다. 우리 인생의 상당 부분이 통근 전차 속에서 지나가는 셈이다. 거기에서 무엇을 하느냐 하는 것은 그야말로 인생의 중대사, 즉 어떻게 살 것인가 하는 근본 문제로 연결된다고 해도 좋을 것이다. 감히 여행의 즐거움을 논할 수 없는 정신없는 환경. 대체 그곳에서는 무엇을 할 수 있을까.

통근 전차는 콩나물시루 같다. 10년 전에도 그랬고 지금도 붐빈다. 아마 10년 후에는 붐비지 않을 거라고 예상할 만한 근거도 전혀 없다. 이렇게 변해 가는 세상에서 변치 않는 것을 찾으라면 후지산 높은 봉우리의 흰 눈과 통근 전차의 혼잡 정도일 것이다. 그 안에서 2시간을 서 있는, 아니 그냥 서 있는 것이 아니라 이리저리 밀리며 땀을 흘리는 우리의 눈앞에서는 아마 광고판 한 장이 흔들리고 있을 것이다. 물론 창밖은 내다보지 않는다. 설령 밖이 보이더라도 똑같은 풍경을 일 년 내내 바라보면 누구라도 질리게 마련이다. 승객들은 서로 얼굴도 제대로 쳐다보지 않는다. 그러니 그저 눈앞의 광고판이나 쳐다보고 있는 수밖에 없다. 하지만 읽고 또 읽어서 거의 암기할 지경이 되어도 그 흔들리는 광고판 한 장을 외는 데는 길어야 10분 정도이다. 그러고 나면 달리 할 일이 없다. 전차가 조금 한산할 때는 신문을 읽을 수도 있고, 자리에 앉은 사람은 실제로 많은 사람들이 그렇게 하듯이 주간지를 읽을 수도 있다. 그러나 서 있을 때는 신문을 읽을 수는 있어도 이리저리 접을 수가 없고, 주간지를 읽을 수는 있어도 페이지를 넘겨가면서 보려면 불편하기 짝이 없다.

만원 전차에 서서 떠밀리는 시간이 1년에 한 달이라면, 이 짧은 인생에 어떻게 하면 이 시간을 즐거움이나 휴식, 혹은 업무에 사용할 수 있을까? 물론 즐거움에 관한 한 콩나물시루 같은 전차는 어울리지 않는 곳이다. 누구나 감수하고 있지만 결코 유쾌한 일은 아니다. 물론 휴식이라고 하기도 어렵다. 무엇보다 전차가 움직일 때마다 상당한 힘이 있어야 버틸 수 있다. 한 해에 한 달, 평생으로 보면 3년, 4년이란 세월을 전혀 쓸모없게 허비하고 싶지 않다면 기왕 즐거움이나 휴식을 포기한 만큼 그 시간을 무언가에 보탬이 되도록 쓰는 수밖에 없다. 그것을 위한 단 하나의 방법은 최대한 작은 책, 한 손에 들어오는 책, 더구나 페이지를 넘길 필요가 없는 책을 한 권 들고 전차를 타는 수밖에 없겠다. 과연 그런 책이 있을까?

입시를 앞둔 중고생들은 그런 책이 있다는 것을 잘 알 것이다. 예를 들면 작은 활자로 인쇄된 외국어 단어장이라면 한 페이지를 암기하는 데도 상당한 시간이 걸린다. 그래도 하루 두 시간씩 1년을 암기한다면 그 외국어로 된 신문을 읽는 데 꼭 필요한 단어는 거의 다 익힐 수 있다. '영어에 강해지는 통근 전차'라고 해야 할까? 대상이 영어가 아니라 프랑스어라면 더 어울릴지 모른다. 프랑스어에는 성가신 동사변화표라는 것이 있기 때문이다. 그런 것을 암기하는 것이 왜 성가시냐 하면, 그런 것을 암기하는 것보다 더 나은 일이 얼마든지 있는 사회에서 어이없게도 통암기에 시간을 써야 하는 탓이다. 그러나 다른 일은 아무것도 할 수 없는 전차 안에서라면 이야기가 달라진다. 동사변화표를 한 손에 들고 전차를 타면 페이지를 넘길 필요가 없다. 또 한 손에 든 한 페이지를 계속 눈앞에 쳐들고 읽을 필요도 없고 가끔씩 힐끔 확인만 하면 충분하다. 남은 시간은 눈을 감고 속으로 달달 외우면 된다. 그래도 아무것도 하지 않고 천장에 매달린 광고판을 수십 번 되읽는 것보다는 덜 지루할 것이다. 그리고 나중에 책을 읽을 때 큰 도움이 된다.

## 전차 통근 1년 만에 라틴어를 떼다

제2차 대전 시절에 나는 도쿄 교외에서 편도 한 시간 반이 걸리는 도쿄 대학 병원으로 매일 출퇴근했다. 그러다가 어느 해 신년에 라틴어 문법을 공부하자는 생각이 들어 영국에서 나온『라틴어 문법의 지름길』이라는 소책자 두 권을 구입했다. 이 교재는 판형이 작고 내용이 알뜰했다. 몇 개 안 되는 단어를 반복해서 사용하고, 그 조합을 통해 라틴어 문법의 기본을 설명하고, 설명 뒤에는 라틴어를 영문으로, 영문을 라틴어로 번역하는 문제가 풍부하게 실려 있었다. 이 교재를 이용할 때는 따로 사전이 필요 없고, 등장한 모든 단어는 권말에 설명되어 있었다. 나는 교외의 집에서, 대학 병원으로 가는 전차 안에서, 비가 오나 눈이 오나, 승객이 붐빌 때나 한산할 때나, 반드시 이 교재를 보되 차창 밖은 절대로 보지 않겠다는 방침을 세웠다. 그런데 막상 실행해 보니 간단한 문법 설명을 읽는 데는

15분도 채 걸리지 않았고, 그 뒤에 풍부하게 실린 연습 문제를 푸는 데는 시간이 꽤 걸리지만 페이지를 넘길 필요는 거의 없었고, 속으로 라틴어 문장을 만드는 한 애초에 교재를 들여다볼 필요도 없었다.

나는 새해에 세운 계획을 1년 동안 완전히 실천할 수 있었다. 이듬해 새해에는 고전 문학을 읽을 때 문법적으로 이해하지 못한 대목은 몇 군데 이례적인 경우에 불과했고, 대부분의 책에서는 그런 부분에 대개 주석이 붙어 있다는 것을 알았다. 나는 이미 작은 문법책 두 권에 나오는 문법을 거의 깡그리 알고 있었다. 통근 전차 1년이면 충분했던 것이다. 고대 그리스어라면 2년이 걸렸을지도 모른다. 그러나 나만의 '고전문법 통근전차 교실'에서 고대 그리스어를 시작한 지 1년이 안 돼 전쟁이 끝났다. 세상은 활기를 되찾고 눈이며 귀로 들어오는 모든 것들이 재미있고 호기심을 자극하는 것이 많아졌다. 나는 이제 아무 짝에도 쓸모가 없는 서양 고전 문법에 흥미를 유지할 수 없게 되었다.

그러나 여하튼 통근 전차는 다른 곳에서는 쉽게 읽지 못할 책을 읽을 수 있는 장소이며, 만약 전차 독서를 실천에 옮기면 매일 2시간이라는 규칙성 때문에 1~2년 안에 우리에게 일정한 지적 능력을 가져다 줄 거라는 것은 장담할 수 있다. '인생은 짧고 예술은 길다'라는 말은 '예술가는 죽어도 작품은 영원히 남는다'라는 뜻이 아니라, '짧은 인생에 성취할 수 있는 일은 적고, 아무리 노력해도 예술로 가는 장구한 길을 끝까지 가기는 어렵다'라는 의미 같다. 예술만이 아니라 학문에서도, 그리고 그 밖의 분야, 이를테면 영업이나 정치에서도 원칙적으로는 같은 말을 할 수 있을 것이다.

집 안이 추울 때는 물론 춥지 않도록 하는 것, 예를 들면 난방을 하는 것이 우선이다. 그러나 그것이 어려울 때는 추위를 한탄하기보다 추운 실내에서도 할 수 있는 일거리를 찾아서 그 일에 몰두하는 것이 좋을 것이다. 전차가 붐빌 때는 전차가 붐비지 않도록 하는 궁리를 해야 한다. 동시에 승객들 각자는 붐비는 전차 안에서도 할 수 있는 일을 찾아내서 거기에 몰두하려는 궁리가 필요할 것이다. 그리고 상황이 어떠하든 어지간하면 가능한 것이 독서이며, 사실 독서 말고는 할 수 있는 일도 없다.

## 가토 슈이치의 독서술

책을 읽는 목적은 사람에 따라서, 때와 상황에 따라서 다르다. 시간 때우기일 수도 있고 재미일 수도 있으며, 필요한 혹은 불필요한 지식을 얻기 위해서일 수도 있겠다. 사람들은 그렇게 서로 다른 목적을 위해서 서로 다른 책을 읽고 있을 것이다. 하지만 지식을 얻는다고 해도 그 지식이란 것이 자연과 인간사에 두루 걸쳐 있는 것이니 '어떤 책을 읽을 것인가'라는 의미에서의 독서법이란 있을 수 없다. 가령 그런 독서법이 있다고 해도 누구한테는 통하되 그 밖의 대부분의 사람들한테는 통하지 않는 독서법일 것이다. 만약 논의를 문학으로 한정한다면 문학에는 모호하게나마 고전이라는 것이 있다. 그러나 실제로 널리 이루어지는 독서는 대부분 문학하고는 아무 관계가 없는, 인간의 지적 생활의 모든 영역을 대상으로 이루어지고 있으며, 그 대부분의 영역에서는 고전이라는 것이 없다. 설령 나름대로 고전을 생각해 볼 수 있는 분야라도 그것을 읽는 것이 조금도 중요하지 않은 것 같다.

'무엇을 읽을 것인가'라는 것은 일반적으로는 말할 수 없다. 그러나 대상이 어떤 책이든 그것을 '어떻게 읽으면 좋을까'라는 것은 어느 정도까지는 말할 수 있겠다. 이를테면 같은 책을 여러 차례 천천히 읽기, 많은 책을 빨리 읽기 등등. 그래도 어차피 모든 책을 다 읽는다는 것은 애초에 불가능하므로 아예 책을 읽지 않고 지내는 것도 넓은 의미에서의 독서법 가운데 하나인지 모른다. 또 시각을 바꾸어, '책을 읽고 이해한다'라는 것은 무엇인가, 우리가 읽는 대상의 매우 커다란 부분을 차지하는 신문이나 잡지를 어떻게 봐야 하는가 하는 것도 논할 수 있을 것이다. 그리고 우리가 읽는 대부분의 책은 일본어로 쓰여 있지만, 만약 책이 다른 언어로 쓰여 있을 때는 그것을 읽기 위해서 약간의 궁리가 필요할지도 모른다. 요컨대 책을 읽는 방법이라면 어느 정도 일반적인 논의를 할 수 있다. 물론 그 논의 방식에도 여러 가지가 있을 수 있다. 나는 이 책에서 독서의 방법에 대한 내 나름의 생각을 이야기하고 싶다. 그것이 하나라도 더 많은 독자에게 조금이나마 도움이 된다면 나의 목적은 충분히 달성되는 것이다.

## 선생님을 어리둥절하게 만들던 아이

나는 어릴 때부터 책 읽기를 좋아했던 것 같다. 특히 어릴 때 병치레가 잦아 병상에서 보내는 시간이 많았다는 우연한 사정에 기인한 바가 컸을 것이다. 나는 병정놀이를 하는 대신 전쟁은 왜 일어나는지를 논하는 책을 병상에서 읽었다. 원자핵 모형이나 진화론 이야기가 어떤 동화보다 재미있었다. 그리고 병상을 털고 일어나 초등학교 교실로 돌아갔을 때는 그런 지식으로 위기를 모면한 적도 있었다. 어느 날 선생님이 "오늘은 점토로 사람 머리를 만들어 보자."라고 말했다. 그때가 아마 초등학교 3학년 때였을 것이다. 내가 만든 머리는 만듦새가 형편없어서 도저히 사람의 머리처럼 보이지 않았던 모양이다. 선생님이 그것을 집어 들고, "이건 대체 뭐지? 원숭이 같은걸."이라고 했다. 반 아이들이 와락 웃음을 터뜨렸다. 그래서 나는 "원숭이가 아니에요. 네안데르탈인입니다."라고 말했다. "응? 뭐라고? 네안데르…?" "네안데르탈인이요." 하고 나는 주문을 외듯 천천히 말했다. 교실이 조용해졌다. 선생님은 잠깐 생각을 하는 듯했다. "그게 뭐지, 그 네안데르탈인이란 것이?" "아주 오래전에 살았던 인간입니다. 인간의 조상이죠." 하고 나는 말했다. "흠, 그래? 그것도 괜찮지만 공작 시간에는 평범한 사람을 만드는 게 좋겠구나."
선생님은 웃고 있었다. 그러나 그것은 이미 나의 형편없는 점토공예 작품이 원숭이를 닮은 것을 비웃는 웃음은 아니었다.

여하튼 병상에서 시작된 독서 습관이 어느새 몸에 배고 만 듯하다. 지금도 나는 서점에 있을 때가 마음이 제일 편하다. 일본에서나 외국에서나, 도쿄 간다의 고서점가에서나 런던 차링크로스 로드의 서점가에서나 마찬가지이다. 물론 이런 거야 그냥 기분 문제이고, 특별히 좋다 나쁘다 할 것은 아닐 것이다. 어쨌든 그런 내력이 이런 책을 쓰게 된 이유 가운데 하나가 된 것은 틀림없다.

Chapter 3

# 느리게 읽는 '정독술'

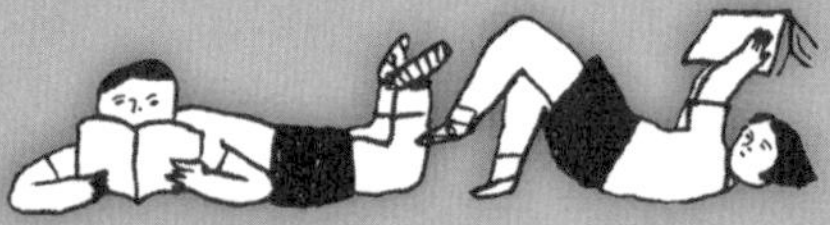

## '급하면 돌아가라'는 교훈

서점의 서가를 둘러보면 재미있어 보이는 책들이 많고 서평란에 실린 책들도 필독서라고까지는 하지 않지만 어느 책이나 매력적으로 소개되어 있다. 어떤 키워드를 놓고 참고서를 조사해 봐도 대개 수십 권은 찾아낼 수 있다. 그러므로 많은 책을 최대한 빨리 읽고 싶은 욕심이 드는 것은 당연한 일이다. 게다가 현대 도시인들은 빠름에 대한 신앙 같은 것이 있어서 다들 바쁘게 살며 늘 무언가에 쫓기는 사람처럼 서두른다. 위의 두 가지 요소가 만나서 생겨난 독서법이 바로 속독법이라는 통념도 생겨날 만하다. 하지만 매사에 이렇게 서두를 필요가 있는 걸까? '급하면 돌아가라'라는 말도 있지 않은가. 토끼와 거북이가 경주를 해서 거북이가 먼저 목적지에 도착

했다는 옛날이야기는 누구나 알고 있다. 이 옛날이야기를 종종 상기해 보는 것도 유용할지 모른다.

제2차 세계대전 이후 세계 영화계에는 세 가지 두드러진 현상이 있었다. 첫째는 이탈리아의 '네오레알리스모'(신사실주의), 둘째는 일본을 비롯하여 스웨덴이나 폴란드처럼 전쟁 전에는 알려지지 않았던 나라의 영화가 국제적으로 대두한 것, 그리고 셋째는 프랑스의 젊은이들이 만들어 낸 이른바 '누벨바그'(새로운 물결) 운동이다. 누벨바그를 만든 영화 가운데 〈연인들〉(1958)이라는 작품이 있는데, 영화의 전반부에는 지극히 평범하면서도 참으로 멋진 장면이 나온다. 돈과 시간이 남아돌아 권태에 빠진 부인이 파리에서 교외의 자택으로 자동차를 운전하며 가다가 차가 고장이 나서 도로변에 멈추고 만다. 직접 고쳐 보려고 해도 어디를 어떻게 손봐야 할지 알 수 없다. 지나가는 차에 도움을 청하고 싶지만 멈춰 주는 차가 없다. 그러다가 마침내 작은 고물차 한 대가 멈추고 젊은 남자 하나가 내려서 그녀의 차를 살펴보게 된다. 하지만 남자는 도저히 수리하지 못하겠다고 말하고, 여자는 집에 손님을 초청해 놓은 탓에 마음이 급해진다. 그녀는 어쩔 수 없이 자기 차를 그 자리에 두고 젊은 남자의 차를 얻어 타게 된다. 여자는 빨리 집에 도착해야 한다고 서두른다. 하지만 남자는 뒤에 오는 차들이 모두 추월해 가도 아랑곳없이 유유히 운전한다. 점점 초조해진 여자가 "좀 더 빨리 가주세요!"라고 소리를 지르자 남자는 마침내 차분하게 말한다. "천천히

가는 것이 내 원칙입니다." 이런 대사는 문명 비판이라고 봐야 할 것이다. 영화 〈연인들〉이 유명해진 것은 그 뒤에 나오는 대담한 애정 장면 때문이지 고물차 안의 문명 비판 때문은 아니었지만, 이거야 아무렴 상관없는 일이다. 남자가, 아니 더 정확히 말해서 그 남자에게 그 대사를 말하게 한 제작자가 '토끼와 거북이' 우화를 여전히 잊지 않고 있다는 점에 절묘한 맛이 있다고 본다.

자동차조차 빠르면 빠를수록 좋은 것은 아니다. 하물며 책을 읽는 데서는 늘 빠르기만 한 것이 능사가 아니다. 옛사람들은 "책을 백 번 읽으면 그 뜻이 저절로 보인다."讀書百遍義自見, 독서백편의자현라고 했다. 아니 옛날 사람만이 아니라 요즘 독서가들, 이를테면 알랭(프랑스의 철학자, 1868~1951)은 "거듭 읽을 수 없는 소설이라면 애초에 읽을 필요가 없다."라고 했다. 그는 한 발 더 나아가, "대저 책을 읽는 데 노트를 할 필요는 없다. 노트를 안 해서 잊어버리고 말 내용이라면 그냥 잊어버리는 것이 정신 건강에 좋다. 잊히지 않을 내용이라면 굳이 종이에 적어 둘 필요가 없다."라고 말했던 것이다. 이것은 대체로 "책을 백 번 읽으면 그 뜻이 저절로 보인다."와 같은 태도, 같은 논리이며, 이를 깨달은 사람은 옛 일본인(또는 중국인)뿐 아니라 서양에도 적지 않았다.

## 왜 느리게 읽는 것이 좋은가

다만 이것은 일면의 진리일 뿐, 어떤 책이든 느리게 읽을수록 좋다는 말은 아니다. 옛사람들이 백 번 읽어서 그 뜻이 저절로 보이기를 기대하던 책은 과연 어떤 책이었을까? 아마도 '사서오경'의 『논어』 정도였을 것이다. 알랭은 무슨 책을 거듭 읽었을까? 플라톤(고대 그리스의 철학자, BC 427~347)이나 헤겔(독일의 철학자, 1770~1831)이나 스탕달(프랑스의 소설가, 1783~1842)이었다고 한다. 아마 신문, 잡지, 신서 따위를 거듭 읽었던 것은 아닐 것이다. 애초에 백 번 읽지 않으면 뜻을 이해하기 힘든 신간이라는 것은 그리 흔한 것이 아니다. 책을 읽는 방법 중에는 물론 최대한 느리게 읽는 방법이 있다. 예나 지금이나 일본에서나 서양에서나 그것을 독서법의 원칙으로 한 책도 나왔을 정도인데, 이를테면 프랑스의 문예사가 에밀 파게(1847~1916)의 『독서술』은 그 전형적인 책 가운데 하나이다. 그러나 그런 독서법을 취해야 마땅한 책은 고전으로 한정된다. '느리게 읽으라'는 말은 곧 '고전을 읽으라'는 말과 같은 것이고, 역으로 '고전을 읽으라'는 말은 '느리게 읽으라'는 말과 같은 것이다. 아주 먼 옛날에 지금과는 다른 언어로 다른 사회에서 다른 독자를 대상으로 쓰인 책으로부터 오늘날의 우리가 생생한 무언가를 건져 내기 위해서는 그 책과 오랜 시간을 두고 만날 필요가 있는지도 모른다.

## 고전을 읽는다는 것에 대하여

그런데 고전이란 어떤 책일까? 예를 들어 『논어』가 고전이 된 것은 오랫동안 중국에서 이어지고 나중에 일본에도 전해진 공자에 대한 숭배에서 비롯된 것이 분명하다. 성인 공자(BC 551~479)께서 천지의 이치를 꿰뚫어 보시고 사람의 모범적인 행실을 설파하셨으니 그 가르침대로 사는 것이 인간의 바른 삶이라는 관념이 있었던 것이다. 전통을 중시하는 사회에서 그런 관념이 세대에서 세대로 계승되며 수천 년에 이르렀다. 만약 유교를 종교로 본다면 공자는 교조가 되고 『논어』는 성경이 되겠다. 실제로 도쿄 유시마에도 공자묘가 있어 공자를 기리고 있다. 공자는 신은 아니지만 신에 가까운 인간이며, 그 말씀을 모아 놓았다는 『논어』는 따라서 평범한 인간이 쓴 책과는 전혀 다른 것으로 여겨졌다. 그래서 고전이다.

그러나 종교 교조의 말씀만 고전이 되는 것은 아니다. 『논어』만 해도 종교적인 문헌이 아니라 역사적인 문헌으로 읽을 수도 있다. 그런 시각에서 보자면 『논어』는 공자와 제자들이 나눈 대화의 토막들을 전후 맥락 없이 모아 놓은 책이다. 각각의 토막은 그 자체만으로도 의미가 분명하게 통하는 문장이 없는 것은 아니지만, 대개는 지나치게 단편적이어서 지금은 그 의미를 정확히 파악하는 것이 거의 불가능에 가깝다. 그래서 한 번 읽어서는 무슨 뜻인지 파악하기 어렵고 백 번을 거듭 읽으면 저절로 이해된다는 말까지 나온 것이다. 그러나 그런 방식의 이해라는 것은 결국 독자가 『논어』에서 '자신의 인생에 도움이 될 만한 지혜를 발견하게 될 것'이라는 차원의 이해를 뜻하며, 공자가 옛날에 그 단편적인 말을 어떤 의미로 했는가 하는 것을 이해하는 것은 전혀 별개의 문제가 된다. 또 설사 『논어』의 토막 난 문장의 의미를 어느 정도까지는 파악할 수 있다고 하더라도 『논어』 전반의 사상을 정돈된 철학으로 이해하는 것은 곤란하거나 불가능에 가까울 것이다.

그러므로 『논어』를 근거로 생각한다면 공자의 사상에 대해서 다양한 해석이 나올 수 있다. 실제로 다양하게 해석해 온 것이 중국 사상사의 큰 줄기였다고 해도 좋다. 그것이 우리가 말하는 '유학'이며, 유학이 중국에서 면밀하고 체계적인 철학으로 다듬어진 것은 송나라 시대였다. 물론 유학은 그 이전에 일본에 들어와 있었다. 대체로 불교 전래를 전후한 시기, 즉 5세기나 6세기경일 것이다. 그 뒤 유학의 영향, 특히 유학이 도덕에 미친 영향은 언제나 컸던 것이 사실이다. 그러나 송의 유학이 일본에서 공식 철학이 되고 교육의 원리가 되고 보통 사람들의 사고방식을 강력하게 지배하게 된 것은 에도 시대(1603~1868) 이후였다. 학자를 꼽아보자면 유학자 후지와라 세이카(1561~1619), 그의 수제자 하야시 라잔(1583~1657) 같은 사람이 있었다. 물론 중국에서도 유학은 나름대로 발전을 이루었고, 일본에서도 에도 시대 초기의 유학이 그대로 계승된 것이 아니라, 중국에서 이룬 발전과 관계하며 일본 나름의 발전이 있었다. 그러나 크게 보면 에도 시대 이후 일본의 지배적 철학은 유교였다고 해도 지장이 없겠다. 그리고 송 시대의 학설을 비롯하여 그 이후의 모든 유학자의 책들은 많든 적든 『논어』를 기반으로 했다고 해도 좋다. 『논어』가 고전인 까닭은, 수세기에 걸쳐 중국을 지배하고 일본에서도 일찍부터 커다란 영향을 미쳤으며, 에도 시대의 지배적이었던 모든 사상의 바탕에 『논어』가 있었기 때문이다. 따라서 『논어』를 읽는 것, 그리고 그것을 나름대로 이해한다는 것은 중국 사상을 나름대로 이해하는 것이고, 또 에도 시대에서 비롯되어 현대 일본에도 남아 있는 일본적 사고방식의 전체상을 나름대로 이해하는 것이 되겠다.

## 공자는 전문경영인

'고사성어'라는 것이 있다. 그런 고사성어들은 일본어에서 몰아낼 수 없을 만큼 깊이 뿌리박혀 있다. '하나를 듣고 열을 안다'라든지 '사무사'思無邪(마음에 사념이 없다는 뜻—옮긴이)라든지, '포호빙하'暴虎馮河(맨손으로 호랑이를 때려잡고 큰 강을 맨발로 건너는 무모함이라는 뜻—옮긴이)의 용맹이라든지, 예를 들자면 끝이 없다. 그런데 그 상당 부분이 『논어』에서 취한 것이니, 그런 표현이 쓰이기 시작할 무렵에는 많은 사람들이 『논어』를 읽고 있었을 것이다. 이제 『논어』는 학교 교재로 쓰이지 않는다. 그러나 『논어』를 읽어 보면 그런 표현의 의미를 더 분명히 알 수 있다는 사실에는 변함이 없다. 예를 들어 『논어』에서는 나이 마흔을 '불혹'不惑(유혹에 넘어가지 않는 나이—옮긴이)이라 하고 예순을 '이순'耳順(남의 말이 귀에 거슬리지 않는 나이—옮긴이)이라 한다. 이런 단어들은 일단 외워 두면 유용하다. 그러나 무턱대고 암기하기보다는 『논어』를 읽어 보는 것이 더 조리가 서고 흥미가 깊어질 것이다. 요컨대 고사성어의 상당 부분이 『논어』에서 비롯되었으니 『논어』를 한번쯤 읽어 두는 것이 좋다는 말이다. 그러나 그것만이 전부가 아니다. 실은 『논어』의 일독은 내용에 대한 이해라는 측면에서 더욱 의의가 크다.

나는 어릴 적에 학교에서 '충효는 하나'라고 배웠다. 그리고 '수신'修身(자신을 갈고 닦음—옮긴이)이라는 것, '치국평천하'治國平天下(나라를 잘 다스리고 온 세상을 편안하게 함—옮긴이)의 요점은 '수신'에 있다는 것, '수신'의 중심은 효행과 충군과 애국이라는 것 등을 배웠다. 요컨대 일종의 도덕주의, 정신주의, 인격주의가 있었는데, 그것이 유교에서 비롯되었고, 유교의 교조는 공자이며, 그 내용은 '부모에게 효, 군주에게 충'이라고 할 수 있다. 대체로 그런 내용을 학교에서 배우고 세상에서 보고 들으며 막연히 익히고 있었다고 해도 좋을 것이다. 그런 정서로 『논어』를 처음 읽었을 때, 나는 크게 놀랐다. 내가 전해들은 것과 내용이 크게 달랐기 때문이다. 『논어』 속의 공자는 아버지가 돌아가신 뒤 그 살아 온 방식을 삼 년 동안 고치지 않으면 효라고 할 수 있다는 등 과연 '효'를 강조했다. 그러나 '충'에 대해서는 그리 강조하지 않았다. 애초에 공자는 한 국가의 군주를 받들었던 것이 아니라 여러 나라를 떠돌며 적절한 군주와 계약을 맺고 그 나라를 다스렸던 것이다. 요즘 말하는 일종의 '전문경영인' 같은 것이겠다. 더구나 종신고용제도 아니다. 한 회사에서 일하다가 다른 회사로 옮기기도 한다. 실제로 공자 자신도, 질서가 어지러운 회사에서는 일할 수 없다, 망해 가는 회사에서는 성과를 낼 전망이 없다, 일을 하려면 적절한 회사를 골라야 한다고 말했을 정도이다危邦不入 亂邦不居, 위방불입 난방불거(멸망할 듯한 나라에는 들어가지 않고 정치와 풍속이 어지러운 나라에는 머물지 않는다는 뜻—옮긴이). 그런데 일단 일을 하기로 계약하면 사회정책博施濟衆, 박시제중(백성들에게 널리 베풀고 많은 사람을 구제한다는 뜻—옮긴이)과 우민정치民可使由之 不可使知之, 민가사유지 불가사지지(백성들을 시책에 따르게 할 뿐 그 시책의 까닭을 알릴 필요는 없다는 뜻—옮긴이)를 통해서 다스린다. 모험暴虎馮河, 포호빙하을 배제하고 중용의 길을 택한다. 매우 실질적인 정치 기술자라고 할 수 있는데, 그런 처지에 있던 사람이 군주에 대한 충성을 절대화했다고는 생각할 수 없다. 나는 『논어』를 읽고 이것은 '충효'가 아니라 '효'를 논하는 책이며, '충'은 일본에서 나중에 덧붙였을 거라는 사실을 깨달았다.

"계로가 귀신을 섬기는 것에 대해서 물었다. 공자가 말하기를, 사람도 섬기지 못했는데 어찌 귀신을 섬기겠느냐. 계로가, 감히 죽음을 여쭙니다, 라고 묻자, 공자가 말하기를, 아직 삶을 모르는데 어찌 죽음을 알겠느냐." 이런 문답은 정신주의를 취하는 대부분의 한

학자들과는 매우 다른 인물을 보여 준다. 공자에게서는 실제적이고 합리적이며, 거의 우상 파괴적인 회의주의자의 풍모가 엿보인다. 그런 실상은 읽어 봐야 알 수 있지 읽지 않고서는 알 수 없다. 『논어』를 읽으면 유용하다는 점도 있지만 무엇보다 누구에게나 흥미로울 것이다. 동양의 『논어』와 서양의 마키아벨리(1469~1527)의 『군주론』은 정치학 입문서로서 어느 쪽이나 비슷한 말을 많이 한다. 아무튼 일본인의 처지에서 보자면 백 번까지는 아니더라도 적어도 한두 번 천천히 『논어』를 읽는 것은 결코 시간 낭비가 아니다. 그런 책은 느리게 읽을수록 좋다. 거기에 필요한 시간은 다른 책을 포기해서라도 마련할 수 있다.

## 오래된 고전도 읽는 방법에 따라 새로워진다

물론 유학만이 일본인의 사고방식에 큰 영향을 미친 것은 아니다. 에도 시대 이전에는 불교가 있었다. 불교에는 『논어』처럼 교조의 말씀을 한 권에 모아 놓은 책은 없다. 수많은 경전이 있어서 어느 경전이 가장 중요한가가 종파에 따라 의견이 다를 정도이다. 그러나 무수한 경전 중에서 일본 문화와 일본인의 사고방식에 강한 영향을 미친 경전은 몇 가지에 지나지 않는다. 이를테면 『반야경』, 『법화경』 같은 것들이다. 『법화경』은 지금도 창가학회를 낳은 힘이 있고, 많은 불교계 신흥종교를 만들어 낼 만한 힘도 있다. 이 점에서 일본의 고전, 요컨대 역사적으로 일본의 정신이 형성되는 데 커다란 역할을 해온 책 가운데 하나라고 할 수 있다.

그리고 물론 신도神道(일본 고유의 민족 신앙—옮긴이)가 있다. 또한 『고사기』古事記의 전설, 어느 시대나 일본인이 늘 애독했던 『만엽집』萬葉集이나 『겐지 이야기』源氏物語 같은 문학서도 있다. 이런 것 전부를 아울러 '일본의 고전'이라고 말할 수 있을지 모른다. 그런 고전을 읽는 것이 일본의 역사나 문화나 사고방식의 구조를 파악하는 데 필요한 것은 분명하다.

## 성서와 서양

한편 메이지 시대(1868~1912) 이후의 일본은 서양의 강한 영향을 받으며 오늘에 이르렀다. 서양의 영향은 다양한 경로, 다양한 저서와 책을 통해서 들어 왔는데, 그 원천이 되는 고전은 말할 것도 없이 첫째는 성서이고, 둘째는 고대 그리스 사상을 대표하는 몇 권의 책이라고 할 수 있다. 서양 문화가 다른 문화, 이를테면 중국 문화나 인도 문화와 다른 것은, 첫째는 기독교 문화이기 때문이고, 둘째는 기독교 문화와 밀접하게 관계하며 유럽의 정신 형성에 끊임없이 작용해 온 고대 그리스 사상의 영향 때문이다.

기독교는 유교와 마찬가지로 한 권의 책에서 출발하며, 그 안에 담긴 모든 사상은 다시 그 한 권의 책으로 돌아가게끔 되어 있다. 기독교 신학자 성 아우구스티누스(354~430)와 성 토마스 아퀴나스(1225~74), 그리고 종교 개혁가 루터(1483~1546)나 칼뱅(1509~64)에게 가장 중요한 책은 『성서』였던 것이 분명하다. 『성서』는 '신약성서'와 '구약성서'를 합치면 『논어』보다 훨씬 큰 책이다. 그러나 예수 이전의 이야기이고 유대교 경전이기도 한 '구약성서'는 온전히 기독교만의 책은 아니다. 기독교의 핵심은 말할 것도 없이 예수 자체이므로 예수의 언행을 전하는 '신약성서'가 말하자면 유교의 '사서삼경', 특히 『논어』에 해당한다고 할 수 있겠다. 『신약성서』는 그리 두꺼운 책은 아니다. 일본인에게도 『신약성서』는 서양과 인연이 깊은 책인 만큼, 그리고 동서양의 왕래가 잦아지고 세계 대부분의 지역에 압도적인 영향을 미치고 있는 것이 서양 사상인 만큼, 『신약성서』를 되도록 천천히, 그리고 여러 번 읽는 것은 아마 『논어』가 그렇듯이 적어도 시간 낭비는 아닐 것이다. 그 책에는 모든 서양 사상을 지탱하는 커다란 기둥 두 개 가운데 하나가 있다. 영국의 역사가 토인비(1889~1975)도 말했듯이 철저한 무신론인 마르크스주의조차 '기독교 세계가 아니었다면 결코 태어날 수 없었을 것'이라고까지 말할 수 있다.

## 서양을 지탱하는 또 하나의 기둥

서양 사상의 또 하나의 기둥은 고대 그리스이다. 고대 그리스의 사상과 문화 전체를 뭉뚱그려 '헬레니즘'이라고 부른다면, 서양은 기독교적인 헤브라이즘과 헬레니즘이 만난 장소였다고 말할 수 있겠다. 그러나 기독교와는 달리 고대 그리스 사상은 한 권의 책으로 요약되어 있지 않다. 혹자는 소크라테스(BC 470?~399)가 고대 그리스 사상을 대표한다고 말할지 모른다. 그러나 소크라테스가 한 말은 플라톤(BC 427~347)의 '대화편'에 단편적으로 나올 뿐이다. 혹자는 아리스토텔레스(BC 384~322)라고 말할지 모른다. 서양 중세의 기독교가 신학을 세울 때 뼈대로 사용한 것이 아리스토텔레스의 철학과 논리였기 때문이다. 플라톤을 꼽는 사람도 있을지 모른다. 서양 사상의 한 가지 특징은 정신과 육체, 관념과 물질, 주관과 객관, 형태와 소재, 개념과 실제 등의 대립을 날카롭게 의식하고 그 관계를 규명하는 것이기 때문이다. 그런 대립에 대한 예리한 인식이 플라톤에게서 전형적으로 드러난다.

이 자리에서 고대 그리스 사상의 대표적 사상가가 누구인지를 논할 생각은 없으며, 또 그런 것을 논해서 한 사람의 사상가나 한 권의 책을 찾아내려고 하는 것에 무슨 의미가 있는지 의심스럽기만 하다. 하지만 당장의 편의를 위해서 가령 플라톤이 고대 그리스 사상을 대표한다고 해두자. 고전이라는 것은 수가 너무 많으면 그 의미를 잃게 될 것이다. 산더미 같은 고전을 천천히 읽어 낼 수 있는 사람은 없을 것이다. 여하튼 나의 독서법에서 '고전'이란 '천천히 읽기 위한 책'이다.

## 자신을 발견하기 위해 고전을 읽는다

이를테면 일본을 이해하기 위해서는 논어와 불경, 일본의 몇몇 고전 문학 작품을, 그리고 서양을 이해하기 위해서는 성서와 플라톤을 최대한 느리게 읽는 것이 '급하면 돌아가라'의 발상에 부합하고 '독서백편'이라는 옛사람들의 지혜를 오늘에 되살리는 길과도 통할 것 같다. 그런데 애초에 일본과 세계를 이해할 필요가 있는 걸까? 그럴 수만 있다면 그보다 좋은 일도 없을 것이다. 그러나 나는 고전이 인생에서 가장 중요한 것인지 어떤지 의심스럽다. 예를 들어 논어, 불경, 성서, 플라톤 등을 아무리 천천히 거듭 읽어도 그 네 가지를 정말로 자기 것으로 만드는 것은 누구에게나 몹시 힘든 일이 아닐까?

이 세상을 살아가다 보면 우리는 각자 이런저런 문제로 고뇌하고, 꼭 해결하고 싶은 문제에 부딪히기도 한다. 어떤 때는 그런 중대한 문제를 잊으려고 애쓰고, 또 어떤 때는 그런 문제를 회피하지 못한 채 힘겹게 씨름하며 살아간다. 그런 것이 인생일 것이다. 당면한 문제와 고뇌는 사람마다 다르다. 이에 대해 논어는 논어 나름대로, 불경은 불경 나름대로, 또 성서나 플라톤도 그 나름대로 대답을 제시할지도 모르며, 그렇지 않은지도 모른다. 그러나 이 네 권의 책은 내가 생각나는 대로 꼽은 것이 아니며, 독자가 안고 있는 문제의 성질에 따라 네 권 가운데 특별히 한 권이 다른 세 권보다 문제를 다루는 데 더 도움이 될 것처럼 보이는 경우가 적지 않을 것이다.

나의 문제는 이런 것인데, 이 문제를 다루는 데 이 고전이 도움이 될 것 같다는 예감이 들고, 그래서 그 책의 내용을 자신의 체험과 견줘 가며 천천히, 아마도 여러 번 반복해서 읽는 고전 읽기도 있을 것이다. 이런 경우, 그 고전이 일본 사상사 혹은 세계 사상사를 이해하는 데 중요한 책인가의 여부는 아무런 상관이 없을 것이다. 사랑하는 이를 잃고 슬픔에 빠졌다든지 인생의 중대한 기로에서 방황하고 있다든지 사는 것이 무의미하게 느껴지고 모든 의욕이 사라졌다든지 하는 각자의 상황이 있을 것이고, 그 상황에 맞춰 고전을 읽다 보면 고민을 극복할 계기를 찾을지도 모른다. 그런 기대를 품고 책을 읽는 것, 이것이 고전 읽기의 기본적인 동인일 것이다. 대체로 책을 읽을 때는 누구나 그 책에서 자기 자신을 읽게 마련이기 때문이다.

## 사상은 비누처럼 쓸 수 없다

앞에서 나는 독서가 여행을 닮았다고 말했다. 여행을 마치고 돌아온 사람의 이야기를 들어 보라. 같은 홋카이도를 다녀와도, 같은 규슈를 다녀와도 사람마다 서로 다른 감상을 말한다. 경치를 본 사람의 성격이 여행지에 대한 감상에서 분명하게 드러난다. 사람은 어딜 가서도 자기 자신을 발견한다. 마찬가지로 어떤 책을 읽어도 누구나 그 책에서 자기 자신을 발견한다. 독자가 이미 내면에 갖고 있는 절실한 문제가 그의 손에 들려 있는 책의 문제와 연결되어 있지 않다면 애초에 독자가 그 책을 정말로 이해할 수 있을지 의심스럽다. 성서를 이해하려면 그것이 서양사에서 역사적으로 중요한 책이라는 지식만 가지고는 부족하다. 아마 그런 지식은 성서를 펼치게 하는 계기가 될 수는 있겠지만 성서를 진정으로 이해하게 하는 데는 전혀 도움이 되지 않을 수도 있다. 그러나 가족을 여의고 앞으로 혼자 어떻게 살아갈지 방황할 때, 마음을 기댈 무엇인가를 찾고 있을 때 성서를 접한다면 길을 찾고자 하는 그 간절한 마음이 성서를 이해하게 하는 데 큰 도움이 될 것이다.

천천히 읽을 수 있는 고전으로 논어와 성서와 플라톤과 불경을 예로 들었지만, 그 책들을 전부 읽는 것이 바람직하다는 말은 결코 아니다. 그 중에 어느 한 권을 읽는 것이 네 권을 다 읽으려고 하는 것보다 훨씬 나을 것이다. 그 결과 독자는 일면적인 사고로 기울지 모른다. 그러나 어떤 깊은 사상도 일면적이지 않은 것은 없다. 가령 예수는 극단적으로 일면적이었다. 아마 공자도 그랬을 것이다. 그렇지 않다면 공자가 반정부 운동 혐의로 국외 추방을 당하고 몇 년 동안이나 고생하며 황야를 방랑하는 사태는 없었을 것이다. 매끈매끈 부드럽고 누구에게나 편리한 비누는 있을 수 있지만, 둥글둥글 원만하고 누구에게나 편리한 사상이라는 것은 이전에도 없었고 지금도 없으며 앞으로도 없을 것이다. 그것이 비누와 사상의 차이점이다.

## 세계를 인식하기 위한 최소한의 조건

그러나 꼭 2000년 이상은 묵은 책이어야 고전이 될 수 있는 것은 아니다. 그보다 훨씬 나중에 나온 책도 얼마든지 고전이 될 수 있다. 실제로 세계 인구의 상당 부분이 비교적 최근에 나온 책을 고전으로 인정하고 있다. 마르크스(1818~83)와 엥겔스(1820~95)와 레닌(1870~1924)이 쓴 책이 그렇다. 20세기의 세계는 오랫동안 두 개로 나뉘어 한쪽은 '자유로운' 자본주의 세계, 다른 한쪽은 '민주적인' 사회주의 세계라고 했다. 이 두 세계 앞에 어떤 수사를 붙이는가는 개인의 취향이어서, 가령 신랄한 사람이라면 '호전적이고 부패했으며 근시일 안에 자멸하게 될' 자본주의 세계, 그리고 '하나님도 자유도 모르는 비참한' 사회주의 세계라고 말할 것이다. 그러나 중요한 것은 무슨 말로 꾸미는가가 아니라 세계가 두 개로(또는 이른바 중립국을 포함하면 세 개로) 나뉘어져 있었다는 것이고, 그 한쪽 세계에서는 19세기에 저술된 마르크스와 엥겔스의 책이 고전으로 통했다는 것이다. 그 사실을 무시하고서는 세상의 근본을 알기가 어렵다. 지금 우리가 사는 세계 전체를 그다지 커다란 편견 없이, 그다지 커다란 오해 없이 어떻게든 인식하고자 한다면 그 최소한의 조건 가운데 하나는, 적어도 마르크스의 저서에서 중요한 부분을 어느 정도 꼼꼼히 읽어 볼 필요가 있다는 것이다. 그 필요는 두 개로 갈라져 있던 세계의 이쪽, 즉 사회주의가 아닌 쪽에 있다. 그리고 그 필요를 충족시키려 할 때 일본은 매우 편리한 나라라고 해도 좋을 것 같다.

첫째로, 아직 사회주의 국가가 하나밖에 없고, 그것도 그리 강대하지 않았던 제1차 세계대전 당시부터 일본에서는 일찌감치 마르크스의 저서가 소개되고 번역되고 연구되고 있었다. 마르크스 전집을 비롯하여 그 진영에 있는 외국 학자들의 책이 많이 번역되어 일본어로 읽을 수 있었다. 하지만 메이지 헌법과 치안유지법 아래 그런 행위는 경찰의 감시를 받고 때와 장소에 따라서는 감옥에 갇히고 호된 폭행을 당할 위험이 있었다. 그러다가 제2차 세계대전 이후 메이지 헌법이 폐지되고 지금의 헌법이 제정되었다. 새 헌법의 인권 존중 취지에 따라 치안유지법도 폐지되어서 지금은 누가 어떤 책을 읽어도 그 이유만으로는 경찰에 체포되지는 않게 되었다.

이것은 우리가 일본인으로서 세계를 객관적이고 공평하게 이해해 나가는 데 꼭 필요한 것들 중 하나이다. 아무튼 마르크스의 책, 그리고 마르크스는 종종 엥겔스와 함께 썼으므로 그 두 사람이 쓴 책, 또 그 뒤에 레닌이 쓴 몇 권의 책도—이런 책들은 백 번을 읽지 않으면 이해하기 힘들 정도로 어려운 책은 아니지만—최대한 천천히 읽어야 할 책에 속하지 않을까 생각한다.

## 마르크스는 마르크스주의자가 아니다

마르크스가 쓴 책을 읽어 보면 결국 무엇을 알게 될까? 내 생각으로는 다음과 같은 것들이다.

첫째, 마르크스라는 사람은 세상의 마르크스주의자들과 거리가 먼 인물이라는 것, 둘째, 마르크스를 포함한 모든 위대한 사상가들은 서로 많이 닮았다는 것, 셋째, 마르크스주의는 유물론이라고 하지만, 그 유물론은 마르크스의 책에서는 '인간이 지닌 인간의 가치'라는 관점과 깊이 연결되어 있다는 것, 넷째로, 이른바 마르크스주의에 대한 통속적인 해설은 대체로 표피적이어서 실제 마르크스와 거리가 멀다는 것. 적어도 이런 점들을 저절로 분명하게 알게 될 것이다.

자신의 주의나 주장을 바꾸어 마르크스주의자가 된다는 것은 아마 대부분의 독자에게는 어려운 일일 것이다. 왜냐하면 마르크스가 살던 시절은 지금으로부터 대략 100여 년 전인데, 공자가 살던 시대에 비하면 훨씬 가까운 거리인 것은 분명하지만, 사람의 평생, 또는 요즘 세상의 빠른 변화 속도에 비추어 보면 100년이라도 상당히 먼 옛날이기 때문이다. 마르크스가 살던 세상과는 완전히 달라져 버린 현시대에 그의 말을 곧이곧대로 적용해서 세상을 바라본다는 것은 어려울 일일 것이다. 그것은 요즘 우리가 『논어』에 아무리 감탄해도 공자 위패 앞에 엎드려 절하기는 어려운 것과 마찬가지이다. 물론 이것이 『논어』가 우리를 깨우치지 못한다는 말은 아니다. 마찬가지로 마르크스의 『자본론』이나 레닌의 『제국주의론』이 우리를 깨우치지 못한다는 말도 아니다.

## 교과서는 한 권이면 족하다

고전을 읽을 때는 천천히 읽어야 한다. 그러나 고전만 천천히 읽어야 하는 것은 아니다. 길게 말할 것 없이 입시를 앞둔 고교생이라면 다들 잘 알 것이다. 아마 전국의 고교생들은 지금도 머리띠를 질끈 동여매고 똑같은 책을 아주 천천히 거듭해서 읽고 있으리라. 그 책은 십중팔구 고전도 아니고 오래된 책도 아니며, 고작해야 2~3년 전에 출간된, 한 다스쯤 되는 교과서나 참고서일 것이다. 굳이 고교생으로 한정하지 않더라도 거의 모든 기술 영역에는 기본적인 지식 전반을 망라한 교재들이 있다. 하나의 분야라도 교재는 여러 종이 있겠지만, 그 가운데 대여섯 종을 비교해 보면 알 수 있듯이 대부분 거의 같은 내용이 실려 있다. 그러므로 일단 신뢰할 만한 교재라면 그다지 주의해서 고를 필요는 없다. 하물며 교재를 두 종이나 읽을 필요는 전혀 없다. 훌륭한 기술자가 되기 위해서는 일반적으로 잘 만들어졌다고 알려진 교재 대여섯 종 가운데 적당히 하나를 고르고, 그 한 권만 반복해 읽어서 암기까지는 아니더라도 거의 암기에 가까운 정도까지 익히면 충분할 것이다.

## 느리게 읽기가 특히 필요한 사람

실제로 나는 혈액학 교재에서 그런 경험을 했다. 그 책은 고교생이 읽을 만한 일반교양서는 아니다. 대학 의학부를 졸업하고 몇 년간 일반 내과학을 공부한 뒤 혈액학이라는 전문 분야의 공부를 시작하는 사람을 위한 교재이다. 그런 교재가 전 세계에 몇 종 있다. 나는 그 중에 한두 종을 반복해서 읽었다. 그런 책을 읽어서 어떤 득이 있느냐 하면, 비록 의학의 경우이지만, 첫째로 말할 것도 없이 환자를 진료할 때 도움이 된다. 둘째로, 이것은 의학만이 아니라 거의 모든 기술 분야가 마찬가지인데, 그 영역의 새로운 논문을 읽을 때 전에 읽어 둔 교재의 지식이 큰 도움이 된다. 학문적인 연구 논문은 교재에 나오는 지식을 독자가 이미 상식으로 알고 있을 것을 전제하고 이를 생략하거나 극히 간단하게 말하는 정도에 머무르기 때문에 교재를 충분히 읽어 두지 않은 사람은 그런 논문을 읽기가 매우 어렵다. 읽어도 제대로 이해하지 못할 것이고, 설사 이해한다고 해도 오랜 시간이 걸릴 것이다. 다르게 말하면 교재를 느리게 읽을수록 그 밖의 책들은 점점 빨리 읽을 수 있고, 교재를 빨리 읽을수록 다른 책들을 읽는 속도는 느려진다. '급하면 돌아가라'의 이치는 기술 분야의 독서에서 매우 분명하게 드러난다.

## 느리게 읽기와 빨리 읽기는 떼놓을 수 없다

느리게 읽기는 빨리 읽기와 떼놓을 수 없다. 어떤 종류의 책을 느리게 읽는 것이 다른 종류의 책을 빨리 읽기 위한 조건이 된다. 또 경우에 따라서는 많은 책을 빨리 읽는 것이 느리게 읽어야 할 책을 발굴하는 데 도움이 되기도 한다. 어느 문제 하나를 두고 보면 어떤 영역 안에서 꼭 필요한 기본 지식이나 익혀야 할 논리가 그렇게 다양한 것은 아니다. 기본을 충분히 이해하고 또 기본 논리에 충분히 친숙해지면 그 다음부터는 대체로 쉬워지기 마련이다. 좋은 교재는 그런 지식을 제공하고, 나아가 그런 논리까지 배울 수 있도록 만들어져 있다. 학교 교재나 전문가의 기술 교재는 하나의 예에 불과하다. 이런 것은 학문이나 기술에 한정되지 않고 어느 정도까지는 독서의 거의 모든 영역에 두루 통하는 면이 있다. 가령 경제와 관련된 기본적인 용어와 기초적인 지표를 알고 있는 사람과 그렇지 못한 사람은 개별적이고 일시적인 경제 현상을 논하는 수많은 책이나 소책자나 기사를 읽을 때 그 속도도 다를 것이고 이해하는 정도도 다를 것이다. 끊임없이 변해 가는 사회의 표면적인 현상을 바쁘게 쫓기보다는 일단 시선을 거두고 기본적인 사회 구조와 그 운동 방식을 이해해 두는 것이 장기적으로 보면 시간 절약이 되지 않을까?

책을 천천히 읽는 것은 중요하다. 첫째, 그렇게 함으로써 수많은 책 중에서 읽어야 할 책, 읽고 싶은 책을 발굴하는 수고를 크게 덜 수 있다. 『겐지 이야기』에 시간을 많이 썼다면 그렇게 시간을 쓰는 동안에는 이번 달 신간 소설 중에 뭐가 재미있을까 하고 초조해 할 필요가 없는 것이다. 둘째, 소설의 경우에는 이야기가 조금 다르겠지만, 일반적으로 한 권의 책을 천천히 읽고 나면 다른 책들을 손에 잡히는 대로 읽어 나갈 때 속도가 한결 빨라진다.

그러나 사실 요즘 같은 시대에 천천히 읽을 수 있는 책만 천천히 읽고 다른 책들에는 곁눈도 주지 않고 유유히 지낸다는 것은 쉽지 않다. 책을 읽을 필요를 느껴서 독서를 시작했다면 그 책들은 십중팔구 빨리 읽어야 할 책일 것이다. 그리고 책을 빨리 읽기 위한 궁리는 단순히 한 권의 책을 미리 천천히 읽어 둔다는 것으로 그치지 않는다.

Chapter 4

# 빨리 읽는 '속독술'

## 낡은 방법으로는 부족하다

현대 세계의 특징은 전문화된 지식의 집적이 무섭도록 빠르다는 것, 그 속도가 전문가조차 따라가기 힘들 정도라는 것이다. 더구나 전 세계에 인쇄기가 보급되어 수많은 책이나 잡지나 문헌이 세계 각국에서 인쇄되고 교환되어 읽히는 것이 요즘 세상이다. 가령 도쿄에서 작은 연구를 하나 하려고 해도 일단 연구 사례부터 조사해 보지 않고서는 시작할 수 없다. 우선 전 세계를 상대로 그 주제에 관한 문헌을 모아 보는 수밖에 없다. 구체적으로 보자면 그런 문헌을 수집하는 다양한 장치가 있는데, 거의 대부분의 연구자는 일단 그런 문헌을 전반적으로 훑어보는 것만으로도 바쁘다. 또 꼭 학문 분야만이 아니라 회사 경영이나 관청의 행정도 아무리 특수한 사안이라고 해도 이미 수많은 지식이 활자로 간행되어 있다. 먼저 그것을 이해할 필요가 있고, 그것을 이해하려면 대단히 많은 페이지를 제한된 시간 안에 읽어 내야 한다. 또 한 개인이 자기 업무와 관련된 범위에서만 책을 읽는다면 그 밖의 세상사에 대한 지식은 학교를 졸업한 직후의 상태로 남은 채 인생을 마치지 않을 수 없다. 그렇게 되고 싶지 않아서 업무와 관련된 좁은 범위를 벗어나 세상사에 대해서 알고자 해도, 세상에는 책이 그야말로 한도 끝도 없이 많아서 아마 어떤 책을 어디서부터 읽어야 할지 도무지 가늠이 되지 않을 것이다.

어쨌거나 책은 아무리 빨리 읽어도 지나치게 빠른 경우란 있을 수 없으며, 책을 빨리 읽어 치우는 것이 세상살이에 거의 불가결한 일처럼 여겨지기까지 한다. 이는 근본적으로 요즘 세상에서 어떤 분야에서나 지식의 전체 양이 엄청난 속도로 증가하고 있는 데 기인하므로, 많든 적든 느끼게 되는 현대의 특징이라고 해도 좋을 것이다.

이러한 현대 사회의 특징은 일반적으로 다른 어느 나라보다 미국에서 더 빠르고 전형적으로 나타난다. 빨리 읽기가 미국에서 먼저 유행하기 시작한 것은 당연한 일이다. 미국에서는 속독법의 목적이 주로 실생활에서 능률을 높이는 데 있는 것 같다. 되도록 짧은 시간에 되도록 적은 노력으로 되도록 많은 효과를 올리자는 사고방식이 책 읽기에서 나타난 것이라고 할 수 있겠다. 그것 자체가 미국 사회의 특징인지도 모른다.

그러나 그것뿐이라면 누가 바라지 않을까. 어느 시대 어느 사회에서나 사람들은 목적을 빨리 달성하려고 나름대로 궁리를 다한다. 그것은 어떤 때는 '정신일도 하사불성' 식의 정신주의로 나타나고 어떤 때는 '마음이 바르면 언행도 바르게 된다'라는 식의 도덕주의로 나타난다. 그렇지만 그런 것은 개개인에 따라 다른 것이며 누구에게나 통하는 것은 아니다. 에도 시대의 농정가農政家 니노미야 손토쿠(1787~1856)는 장작을 지고도 책을 읽었다고 한다. 우리가 그 흉내를 낼 수는 없겠지만, 장작을 지고 책을 읽으려면 니노미야 손토쿠와 같은 강한 결심이 있어야 하는 것이고, 그것은 누구나 가능한 일이라기보다는 오히려 개인적인 사정에 달려 있다고 생각해야 할 것이다. 명인의 기예라 불리는 매우 뛰어난 기능의 비결은 대개 부모에게서 자식에게만 계승되며 제자에게는 계승되지 않는다. 그래서 '비전'秘傳이라고 불린다. '비전'이라는 사고방식은 정말로 뛰어난 기술은 결코 아무나 할 수 있는 것이 아니며 특정한 사람만 할 수 있다는 것을 전제로 한다. 특정인, 명인만이 목적을 이루며 평범한 사람은 하지 못한다는 것이다. 이것이 '비전'의 발상이고 개성적인 숙련과 이심전심주의의 바탕이라 할 수 있다.

## 누구나 속독이 가능한 이유

그러나 특별한 두뇌가 아니라도 어려운 문제를 풀 수 있는 방식, 숙련된 기술이나 천부적인 재능 없이도 과제를 해낼 수 있는 방식, 말하자면 평범한 두뇌와 손발을 가진 사람이라면 누구나 응용할 수 있는 방식이라는 것이 있다. 그런 방식은 만인에게 통하므로 개성적이지 않다. 또 조직적이고 체계적이고 '방법'화되어 있다. 가령 도형을 직접 다루는 초등기하에 비해 좌표평면을 사용하는 해석기하학이 방법적이고, 숫자만 다루는 초등산술에 비해 숫자 대신 문자도 쓰는 대수학이 방법적인 것과 같다. 알다시피 초등산술이나 초등기하의 '초등'은 결코 쉽다는 뜻이 아니다. 실은 오히려 반대여서, 같은 문제를 푸는 데 초등기하나 산술에 따르면 해석이나 대수 방식을 이용할 때보다 훨씬 많은 노력과 착상, 아이디어가 필요하다.

초등학교 5학년 때 나는 학교의 교과 진도가 느려서 6학년을 건너뛰면 중학교에 입학하는 시간을 아낄 수 있는 길이 아닐까 생각했다. 그러려면 5학년 동안 5학년용뿐 아니라 6학년용 내용까지 익히고 중학교 입시를 통과해야 한다. 물론 매우 힘겨운 일이다. 그때 아버지는 나에게 "아무리 어려운 산술 문제라도 그 자리에서 확실하게 푸는 방법을 가르쳐 주마. 그 방법을 이용하면 수학에 관한 한 성적이 제일 좋은 6학년생한테도 절대로 지지 않을 거다."라고 말했다. 아버지가 가르쳐 준 방법은 연립일차방정식이었다. 덕분에 선생님이 문제를 설명하고 다른 아이들이 풀이를 시작할까 말까 할 때 나는 이미 답을 낼 수 있었다. 나는 손을 번쩍 들었다. 선생님은 "벌써 풀었어? 너무 빠른데." 하며 믿지 못하는 표정이었다. "아무튼 대답해 보렴." 물론 나는 답을 맞혔다. 선생님은 흠칫 놀라고 다른 학생들은 어안이 벙벙한 얼굴이었다. 이는 내 두뇌와는 무관하고 다만 '방법'이라는 것의 성질에서 비롯된 것이었다. '산술보다 대수가 방법적이다. 때문에 대수의 초보라도 1년간의 산술 훈련을 금세 무용지물로 만든다.'라는 것을 보여주는 것이었을 뿐이다. 아버지는 그것을 알고 있었다. 그런 부모가 있다면 누구라도 사칙연산의 응용문제 풀이로 시간을 보낼 필요는 없을 것이다. 이것은 초등학교 산술이나 중학교 초등기하만의 이야기가 아니다. 일반적으로 과학은 인간의 정신 활동을 방법화함으로써 성립한다. 똑같은 정신 활동이라도 과학이 이를테면 예술과 다른 점이다.

## 미국식 속독술

미국 사회는 어떤 목적을 달성할 때 그 방식을 방법화하려는 경향이 강하다. 책 읽기를 능률화하는 데 그치지 않고, 그 능률화의 방식을 개인의 두뇌 회전이나 굳은 결심이나 재능에 의지하지 않고 누구라도 가능한 방식으로 개선하고 개발하려고 하는 점이 무척 미국적인 사고방식처럼 보인다.

그런데 책을 빨리 읽는 방법으로서 누구나 응용할 수 있는 편리한 방식이란 것이 있을 수 있을까? 일단 미국인은 '있을 수 있다'라고 생각하는 듯하다. 그 방법을 읽어 보면 제법 그럴듯해 보인다. 미국에서 말하는 속독법에는 크게 두 가지 면이 있다. 첫째는 생리적인 면, 둘째는 심리적인 면이다. 책을 읽는다는 행위에는 눈으로 글자를 쫓는다는 생리적인 면과, 문자들의 연속에서 의미를 짜맞춰 간다는 심리적인 면이 있다는 것이다.

## 안구의 움직임

첫째, 눈으로 글자를 받아들이는 생리적 운동을 빠르게 하기 위한 방법은 결국 시야를 확대하는 훈련과, 시야의 중심을 한 점에서 다른 점으로 옮기는 훈련으로 요약된다. 행을 쫓을 때 눈을 끊임없이 움직이는 것이 아니라 어느 한 점에 멈춰 그 시야에 들어 온 글자를 읽고 다음 점으로 이동하여 다시 그 점을 중심으로 시야에 들어 온 글자를 읽는다. 이때 시야를 확대하는 훈련을 하면 시선이 멈추는 지점이 줄어들어 비교적 짧은 시간에 한 행을 소화한다는 것이다. 한 행이 끝나면 다음 행 처음으로 시선이 돌아간다. 책을 읽는 사람의 눈을 관찰해 보라. 안구가 왕복운동을 한다는 것을 금방 알 수 있다. 이 역시 훈련을 통해서 빠르게 할 수 있다. 시야를 확대하는 데는 특별한 도구를 사용하는 방법도 있다. 시선 이동을 빠르고 매끄럽게 하는 데도 특별히 준비된 도표를 이용하여 매일 일정 시간

연습하는 방법, 일정한 간격을 두고 연달아 영사되는 문구를 재빨리 읽어 내는 훈련 등이 있다. 물론 눈 운동도 가로운동과 세로운동이 다를 것이다. 그러나 미국에서 하고 있는 가로운동 훈련법을 조금만 응용하면 세로쓰기 책에서도 이용할 수 있을지 모른다. 실제로 독서할 때 눈의 운동은 의미 파악과 직결된 것이지만, 이 훈련의 요점은 의미 파악과는 무관하게 눈 운동 자체만 훈련한다는 데 있을 것이다. 사실 스포츠 분야에서는 흔히 이용되고 있는 훈련법이다. 이를테면 테니스 시합에서는 온갖 기술을 그때그때 필요에 따라 사용해야 한다. 그러나 훈련 때는 스매시면 스매시만 수십 번 반복해서 연습하는 것이 보통이다. 그래야 확실한 스매시 능력을 키울 수 있다. 이것은 어느 스포츠 종목에서나 마찬가지이므로 아마 속독법을 위한 안구 운동에도 응용할 수 있을 것이다. 설사 도구를 이용하지 않는다 하더라도 스스로 궁리하며 시도해 볼 가치가 있을지 모른다.

## 의미를 재빨리 파악하는 요령

둘째, 아무리 안구가 빨리 움직여도 의미를 파악하지 못한다면 책을 읽었다고 할 수 없다. 그리고 책 읽기에 시간이 걸리는 것은 주로 의미의 이해 때문이므로 그 과정을 빠르게 하는 것이 역시 속독법의 요점이 된다. 그래서 미국인이 고안한 것은 단어를 익히고 어휘를 늘리는 것, 문장 구조를 이해하여 요점만 파악하는 것, 일정 방식에 따라 날림으로 읽는 것 등 몇 가지가 있는 듯하다. 단어를 많이 알아 둘수록 좋다는 것이야 말할 것도 없다. 영어든 일본어든 마찬가지이다. 그러나 단어를 많이 익히려면 그만큼 시간이 걸린다. 그렇더라도 미리 시간을 투자해서 외워 두는 것이 좋다는 것은 말하자면 '급하면 돌아가라'의 사고방식이겠다. 그리고 이것은 급해서만이 아니라 실은 제대로 이해하는 데도 도움이 될 것이 틀림없다. 아니, 애초에 제대로 이해하는 것과 빨리 읽는 것은 떼놓을 수 없다고 해야겠다. 나는 최대한 사전을 사용하는 편이다. 가령 철학서를 읽기 시작할 때는 대개 철학 사전을 참조했다. 그 탓에 빨리 읽을 수는 없었지만 그렇게 오 년쯤 지나자 사전을 들춰 볼 필요가 점차 줄어들어 나의 독서는 오 년 전과 비교할 수 없을 만큼 빨라졌다. 긴 눈으로 보자면 결국 그렇게 하는 것이 시간을 절약하는 길이었다고 생각한다.

영어와 일본어는 문장 구조가 크게 다르다. 미국인은 긴 문장의 첫 행이 가장 중요하다고 보지만 일본어 문장에서는 그렇지 않다. 미국식 속독법을 취한다면 일본어에서는 문장을 처음부터 읽을 것이 아니라 거꾸로, 그러니까 끝에서부터 읽기 시작하는 수밖에 없겠다. 나는 언젠가 프랑스인 학자를 위해서 일본어 의학 자료를 번역하며 구술한 적이 있다. 그 학자는 내 옆에 앉아서 중요하다고 생각되는 점을 필기하고 있었다. 어느 한 환자의 사례에 대해서 "빈

혈, 백혈구 감소증, 유약세포 출현…" 하고 내가 번역하며 읽어 나가면 그 학자가 바쁘게 필기하는 식이었다. 그러다 "또 과립세포의 형태학적 변화, 혈소판 감소증…" 하고 내가 계속 구술하다가 마지막에 "…은 볼 수 없었다."라고 말했던 것이다. 아니 그렇게 말하지 않을 수 없다는 사실에 나 자신도 새삼 놀랐다고 해야 맞을지 모른다. 열심히 번역하고 필기한 내용 전부를 그 환자에게서는 '볼 수 없었다'라는 것이라면 애초에 번역할 필요도 없고 필기할 필요도 없었다. 그러나 일본어에서는 모든 노력을 수포로 돌리는 부정사조차 문장 끝에 오게 되어 있다. 마치 최후의 심판처럼. 신이 아닌 이 몸으로서는 알 길이 없는 운명의 장난처럼. "아아, 무슨 언어가 이 모양이야!" 하고 그 프랑스인은 말했다. 그래서 나는 의학 자료를 옆으로 치워 두고 일본어를 옹호하는 말을 한참 늘어놓아야 했다. "그래도 『겐지 이야기』는 그렇게 독특한 맛을 가지고 있지 않은가…" 하며. 그렇지만 『겐지 이야기』가 속독에 어울리지 않는다는 것은 인정하지 않을 수 없다.

## 날림 읽기의 비결

'날림 읽기'는 어떨까? 물론 이것도 엄연히 독서법 가운데 하나이다. 먼저 목차를 읽는다. 그리고 서론과 결론을 주의 깊게 읽어서 대략적인 내용을 파악하고 중간 부분은 날림 읽기로 지나간다. 그러다가 특별히 재미있을 것 같은 장이 있으면 그곳만 꼼꼼히 읽는다. 가령 500쪽짜리 책 두세 권을 '이번 주말까지 읽고 서평을 써주시오.'라는 의뢰를 받고 글을 쓰는 사람이라면 그렇게라도 하는 수밖에 없을 것이다. 그렇다고 꼭 무책임한 서평이 된다고 할 수는 없다. 책에 따라서는 그런 방법으로도 충분한 경우가 있기 때문이다. 그러나 처음부터 날림 읽기를 작정하고 시작하려면—그것이 이른바 미국식이겠지만—책이 일정한 형식을 갖추고 있어야 한다. 서론에 그 책이 다루는 대상과 서술 방식이 설명되고 마지막 장에 결론이 나오되, 그 결론이 서론과 결론 사이에 서술되어 있는 내용에서 도출된다는 틀을 갖추고 있는 것이 가장 이상적일 것이다. 미국의 경영자들이 많이 읽는 책에는 그런 틀을 갖춘 책이 많다. 하지만 일본에서는 꼭 그렇지만도 않다. 그러므로 날림 읽기의 형식을 너무 고정해 두지 않는 편이 좋을 것이다. 대체로 일본에서는 문장의 경우와 마찬가지로 핵심 내용은 앞부분보다 뒷부분에 나오는 경우가 많다. 만나서 대화를 하더라도 먼저 날씨 얘기를 곁들인 인사가 오가고 이런저런 잡담이 이어져서 기분이 어느 정도 풀어졌을 때 용건을 꺼내듯이 말이다. 이러한 일본식 대화법은 책을 쓸 때도 마찬가지이다. 상대방이 꺼낸 이야기를 중간에 끊기는 어렵지만, 책이라면 서론 부분을 부담 없이 건너뛰는 편이 효과적이겠다. 목차를 보고 잠시 본문을 들춰 보면 그런 판단은 의외로 쉽게 내릴 수 있을 것이다.

이를테면 언제, 어디서, 무엇을 조사했는지, 어떤 방법으로 조사했는지, 조사의 목적은 무엇인지 따위가 서론에 설명되어 있다고 하자. 그렇다면 먼저 그것을 읽는다. 그리고 그 조사를 통해서 어떤 결론이 나왔는지를 살펴본다. 그러면 그 결론을 뒷받침하는 사실을 수집하면서 책 전체를 주의 깊게 훑어볼 수 있다. 그러한 근거나 사실이 대부분 표나 도형으로 제시되어 있다면 편해질 것이다. 또 가령 책의 구조가 그리 조직적이지 않다면 나는 목차를 보고 가장 쉬워 보이는 장을 골라 그 결론 부분의 몇 쪽을 읽어 본다. 그곳에 결론이 나와 있으면 만사형통이다. 그렇지 않더라도 저자가 말하고자 하는 것이 무엇인지에 대해서 대략 짐작이 가는 경우가 많다. 그러나 끝 부분만 읽어서는 알 수 없는 점이 있을지도 모른다. 그런 경우에는 그 장의 본문을 처음부터 살펴보면서 이해가 안 되는 부분에 대한 설명이 앞에 나오지 않는지 조사해 본다. 요컨대 날림 읽기라는 방식은 책을 쪽수에 따라 읽지 않는 것이다. 필요하면 앞에서든 뒤에서든 중간에서든 시작한다는 것이 요점이다. 그렇게 날림으로 읽으면서 전체 구조를 빨리 파악한다. 전체 구조를 파악한 뒤에 읽고 싶은 부분을 읽으므로 다짜고짜 부분에 몰두하지 않게 된다.

## 편리한 일본식 속독법

한편 일본 책에는 속독에 유리한 특징도 있다. 이는 일본어가 다양한 표기법을 함께 쓴다는 점과 관계가 있다. 일본 책에서 볼 수 있는 표기법은 한자, 히라가나, 가타카나, 알파벳이나 로마 숫자 등이다. 일반적으로 알파벳만으로 표기하는 나라에서는, 가령 영어 책의 경우처럼 독자의 주의를 환기하기 위해 특정 단어를 대문자로 인쇄하거나 서체를 바꾸거나(고딕이나 이탤릭 등) 활자 간격을 띄워 한 단어를 길게 인쇄하거나 밑줄을 긋거나 한다. 그런 방법을 이용하지 않고 한 권의 책을 처음부터 끝까지 보통 서체의 알파벳만으로 인쇄한다면 페이지를 넘기며 건성으로 훑어보기만 해서는 어디에 중요한 단어가 있는지 알기가 어려울 것이다. 어디에 중요한 단어가 있는지 모르면 그 페이지에서 무엇을 논하는지를 알기가 어려운 것은 당연지사이다. 요컨대 영어 책에서도 독자의 주의를 특정 단어로 유인하기 위해서 다양한 보조 수단을 궁리하고 있는 것이 보통이라 하겠다.

그런데 일본 책에서는 한자와 히라가나와 가타카나가 섞여 있어서, 한 페이지에서 한두 단어만 강조하는 것이 아니라 그냥 쓱 훑어보기만 해도 꽤 많은 단어가 눈에 띄도록 되어 있다. 먼저 눈에 들어오는 단어는 한자, 그리고 가타카나가 있다면 가타카나 단어일 것이다. 예를 들어 어느 페이지를 펼치자 '샐러리맨'サラリーマン '건강'健康 '여름휴가'夏休み '회사'會社 '3%'라는 단어가 한순간에 눈에 들어왔다고 하자. 물론 무슨 내용인지는 읽어 보기 전에는 알 수 없지만, 한편에 '샐러리맨'과 '회사'라는 단어가 있고, 다른 한편에 '여

름휴가'와 '건강'이라는 단어가 있으며, '3%'라는 단어가 그 사이의 관계를 말하는 것이라면 아마도 무슨 실태조사 보고 같은 내용일 것으로 짐작할 수 있을 것이다. 그 정도까지 파악하는 데는 아주 짧은 시간밖에 걸리지 않는다. 동일한 내용을 내가 직접 영어 책을 훑어보고 비교해 볼 수는 없지만, 한자에 충분히 익숙하기만 하다면 한자와 가타카나가 섞인 일본어 문장이 더 짧은 시간에 더 많은 단어를 눈으로 포착할 수 있고, 따라서 내용 추측이 더 쉬운 것이 아닐까?

## 단어를 보면 내용을 알 수 있다

그렇다고 다양한 표기법을 함께 쓰는 것을 변호하려는 것은 아니다. 하지만 그런 표기법에 일단 익숙해지고 나면 속독에 유리하다는 것은 사실이다. 이는 결코 한자의 놀라운 특징 때문은 아니다. '犬'이라고 쓰면 이 한 개의 글자로 '개'라는 것을 알 수 있고, 'DOG'에 대해서는 'D·O·G'라는 세 개의 철자를 일일이 읽고 나야 '개'라는 것을 이해할 수 있다면, 그것은 결국 그 사람이 영어에 익숙하지 않은 탓일 뿐이다. 영어에 익숙한 사람이라면 'D·O·G'라고 일일이 읽고서 개라고 이해하는 것이 아니며, 세 개의 알파벳을 한 덩어리로 파악하고 개라는 뜻을 이해한다. 일본어 표기법의 특징은 한자 자체가 아니라 한자와 히라가나와 가타카나가 섞여 있

다는 점에 있다. 그래서 예를 들면 가타카나만 보고 소설의 내용을 추측할 수 있는 경우도 있다. 'マイク'(마이크) 'ウイスキー'(위스키) 'グラス'(글라스) 'タクシー'(택시) 'ヘッドライト'(헤드라이트) 'レインコート'(레인코트) 등 한자와 히라가나가 섞여 있는 페이지에 이런 가타카나 단어가 있다면 가로쓰기 언어의 고딕체나 이탤릭체처럼 금방 눈에 띈다. 물론 한눈에 알 수는 있지만, 그것이 반드시 중요한 단어인 것은 아닐 수도 있다. 그래도 이런 단어들에서 상상할 수 있는 내용은 적지 않다. 첫째, '택시'는 시대를 짐작하게 한다. 아마 현대일 것이다. 또 '레인코트'가 나오므로 비 오는 날일 것이고, 장소는 아마 도시일 것이다. '마이크' '위스키' '글라스'를 조합하여 이야기의 줄거리를 상상해 보자면, 주인공이 아마 다소 앞에 나서야 하는 어떤 모임에 참석했다가 혼자 집으로 돌아가는 장면, 혹은 둘이서 어딘가에 들어가 시간을 보내고 있는 장면이라고 볼 수도 있겠다. 이만한 조건이 제시되었으므로, 소설을 제법 많이 접한 독자라면 작가의 이름도 고려하여 더 읽지 않아도 그 페이지의 내용을 거의 절반 이상은 상상할 수 있지 않을까? 물론 소설은 이해하기 위해서 읽는 것은 아니고, 빨리 이해하는 것이 소설을 읽는 목적인 것도 아니다. 오히려 이미 이해한 것이라도 천천히 읽으며 즐기는 것이 맞겠다. 그러나 여하튼 속독법이라는 관점에서 말하자면 세 가지 표기법을 함께 쓰는 데는 커다란 이점이 있다는 것이다.

## 일본어의 편리한 점

그러나 일본 책이 속독에 적합한 이유는 꼭 표기법에만 있는 것은 아니다. 가령 모르는 저자의 정치 논문을 펼치고 거기에서 '계급' '인민' '대중노선' '자본주의'라는 단어를 본다면, 그것만으로도 그 논문이 보수당에 반대하고 이른바 혁신 세력에 우호적임을 거의 확실하게 추측할 수 있다. 물론 영어나 프랑스어에도 그런 단어가 있지만, 일본어의 경우처럼 많지는 않다. 예를 들면 영어나 프랑스어에서는 '인민'에 해당하는 단어가 하나밖에 없어서 저자가 보수파든 혁신파든 반드시 그 단어를 쓰게 된다. 그런데 일본어에서는 '인민' '민중' '서민' 등 많은 단어가 있다. 이것은 영어(프랑스어)에서는 일괄적으로 'people(peuple)'이라는 단어에 해당하며, 그 차이를 찾아내는 것은 매우 번거로운 일이다. 그러나 일본어의 경우에는 한번 익혀 두면 그 차이에 따라 저자의 관점 차이까지 짐작할 수 있다. 영어나 프랑스어 책에서는 불가능한 일이다. '일본식 속독법'의 한 가지 요령은 같은 물건 또는 같은 대상을 다른 관점의 사람이 어떤 단어로 일컫는지를 주목하는 데 있다. 그 단어의 차이에 따라 저자의 관점이나 경향을 금방 알아 낼 수 있을 것이다.

## 우선 '암호'를 간파한다

조금 더 일반적으로 말하자면 일본에서는 정치 집단뿐 아니라 사회

집단마다 은어까지는 아니더라도 그 집단 밖에서는 좀처럼 쓰이지 않는 몇 가지 단어를 가지고 있어서 그런 단어를 버릇처럼 사용하곤 한다. 예전에는 군대가 그랬다. 관청에도 관청 공문서에만 쓰이는 단어가 따로 있다. 또 화학자와 물리학자 사이에서도 완전히 똑같은 것을 두고 한쪽은 '항수'라고 말하고 다른 쪽은 '상수'라고 말한다. 국가라는 커다란 사회는 어느 정도 폐쇄적인 집단이나 조직으로 이루어져 있다. 그런 집단이나 조직이 독특한 어휘를 갖추고 있는 것은 집단 간의 의사소통에 불편한 면이 있는 동시에 어휘의 차이에 따라 소속을 즉각 확인할 수 있다는 편리함도 있다. 예를 들면 과거의 무사들은 캄캄한 밤중에 저편과 이편이 칼날을 번뜩이며 뒤엉켜 있을 때 상대방이 "산"이라고 하면 냉큼 "강"이라고 대답하며 아군을 식별했다. 그 한순간에 생사를 가르는 암호라는 발상이 '보수'와 '혁신', '물리'와 '화학', '대장성'과 '농림성' 등 일본의 온갖 조직·동료·파벌·일당에 두루 퍼져 있어서 그것을 익히는 게 번거로운 것은 틀림없다. 그러나 한번 익혀 두면 그렇게 편한 것도 없다는 것은 이미 기습을 감행했던 47명의 무사가 경험하고 야습을 감행했던 신선조가 경험한 바이다.

## 여러 권을 동시에 읽는다

또 책을 많이 읽으려면 한 권을 마치고 다음 책을 시작할 것이 아니라 여러 권의 책을 동시에 읽는 것이 좋다. 아니, 이는 좋고 나쁘고의 문제가 아니라 아마 누구라도 그렇게 하지 않을 수 없는 점이 있다. 혼란스럽지 않을까 걱정된다는 사람은 인기 작가에 대해서 생각해 보라. 일본의 인기 작가는 몇 권의 책을 동시에 읽는 정도가 아니라 동시에 쓰기까지 한다. 한 편의 연재소설에서는 남녀가 오사카의 지하 주점에서 이별을 이야기하는 장면을 쓰고, 같은 날 또 다른 연재소설에서는 도쿄의 높은 탑 위에서 결혼을 이야기하는 장면을 쓰는 것이다. 그에 비한다면 현대 소설 한 권, 헤이안 시대(794~1185)의 일기 한 권, 경제학 교재 한 권, 그리고 성경을 동시에 읽어 나가는 것은 아무것도 아닐 것이다. 그 네 권의 책이라면 오사카의 이별 이야기와 도쿄의 결혼 이야기 정도로 비슷하지는 않다. 내용, 문체, 배경이 사뭇 다르다. 그렇게 전혀 다른 책들을 한 사람의 저자가 동시에 쓸 수는 없지만, 한 명의 독자가 동시에 읽을 수는 있다. 동시에 읽는 책이 서로 많이 다른 책일수록 읽는 사람의 흥미는 계속 신선하게 유지될 것이다. 제한된 날짜, 가령 한 달 안에 많은 페이지를 소화하기 위해서는 아무래도 그런 독서법이 필요하다. 아무리 경제학에 흥미가 많아도 하루 종일 교재만 읽을 수는 없다. 책을 읽을 수 있는 시간이 극단적으로 짧다면 또 모르지만, 가령 비 오는 일요일에 집에서 책을 읽기로 작정했는데 책이 경제학 교재 하나뿐이라면 금세 지쳐 버릴 것이다. 그렇게 지치면 같은 책을 계속 읽으려고 애쓰기보다는 오사카든 도쿄든 상관없으니 남녀가 어울리는 소설을 펼쳐 드는 것이 좋다. 그래서 다시 흥미가 솟아나 저도 모르게 손에 땀을 쥐고, 그러다 잠깐 샤워를 하고 나면, 잠자리에 들기 전에 너무 오래 손에 땀을 쥐고 있는 것도 위생상 좋지 않으므로 헤이안 시대의 귀족이 쓴 일기처럼 참으로 무미건조한 한문을 읽어 주는 것이다. 그렇게 한 시간쯤 읽다가 어느새 졸음이 밀려오는 것이 이상적이다. 만약 잠드는 곳이 여행지의 호텔 객실이라면 요즘은 성경을 구비해 둔 업소가 많은 듯하니, 거기에서 한 시간쯤 성경을 읽을 수도 있겠다.

요컨대 책을 많이 읽으려면 동시에 여러 책을 읽는 수밖에 없다. 또 어떤 책은 애초에 계속 읽어 나갈 수 없게 되어 있다. 가령 교과서가 그렇다. 또 필요에 따라 일부분만 읽으면 되는 책도 있다. 예를 들면 백과사전이 그렇다. 또 문학이라도 매일 조금씩 읽는 수밖에 없는 작품도 있다. 예를 들어 프랑스의 소설가 앙드레 지드(1869~1951)의 일기가 그렇다. 내용이 단편적이고 워낙 다방면에 걸쳐 있어서 쉬지 않고 계속 읽어 나갈 수 있느냐 아니냐는 중요하지 않으며, 한꺼번에 많이 읽는 것도 별 의미가 없을 것이다. 이야기가 샛길로 빠져서 미안하지만, 나는 언젠가 그 책의 원서 한 권을 화장실에 가져다 놓았는데, 일 년 뒤에는 어느새 거의 다 읽었던 적이 있다. 그 기간 동안 화장실 밖에서 다른 책을 읽지 않았던 것이 아니다. 한 번에 끝까지 읽어 내는 것이 어려운 책이라면 하루에 조금씩 읽을 궁리가 필요하다. 꼭 화장실이 아니라도 좋다. 가령 아침

먹기 전 30분도 괜찮다. 건강을 위해서 매일 체조를 하는 사람이 있다면 정신 건강을 위해서 매일 30분씩 적당한 책을 잡는 사람이 있어도 좋을 것이다. 그리고 그와는 별개로 조금 더 빨리 마칠 수 있는 책을 몇 권 함께 읽어 나가면 된다.

## 현대 문학은 속독으로

속독법은 업무의 능률화를 목적으로 하는 것이니 가령 문학에 대해서는 그럴 필요가 없다고 생각하는 사람이 있을지 모른다. 문학에는 고전이라는 것이 있고, 고전은 느리게 읽을수록 좋다는 것은 이미 언급했다. 만약 문학을 고전부터 읽기로 작정했다면 당분간 속독법은 필요 없다. 실제로 세상의 지식인이나 문인들에게 물어보면 '먼저 고전을 읽으라'라고 엄숙하게 대답하는 사람이 많은 듯하다. 그러나 나는 그런 의견에 꼭 찬성하지는 않는다. 소설을 비롯한 문학을 예로 들어 보더라도 주작대로처럼 전혀 본 적도 없는 곳에서 일어나는 사건보다 동네 뒷골목에서 벌어지는 일들이 우리네 생활에 친근하다는 것은 말할 것도 없다. 어차피 미남미녀가 만나는 내용이라면 우리가 아는 장소에서 만나는 것이 이해하기 쉽고 친근감도 느껴질 것이다. 장소뿐 아니라 우연히 만난 미남미녀의 입에서 흘러나오는 말이나 희미하게 흘리는 한숨 소리가 당나라 사신에 대한 소문보다는 서구 유학생에 대한 소문인 편이, 질투에 사로

잡혀 원령으로 화한 사람의 이야기보다는 아파트 단지의 가스 자살 이야기인 편이 더 이해하기 쉬울 것이다. 예나 지금이나 사람의 마음에 변함이 없다고 한다면 그 변치 않는 마음에 대한 이야기는 우리가 아는 장소에서 우리가 아는 화제를 둘러싸고 전개되는 것이 더 알기 쉽고 재미있을 것이다. 동시대를 사는 저자의 작품으로 문학을 접하는 것은 자연스러운 일이다. 동시대 작가의 이야기에 귀를 막고 묘지 너머에서 들려오는 먼 옛날 사람들의 목소리에만 귀를 기울이는 것은 부자연스럽기 짝이 없다. 그러나 현대 문학을 읽으려 해도 작품이 한없이 많아서, 웬만큼 빠르게 읽지 않으면 문학 일반에 대해서 정리된 사고를 스스로 갖추기까지는 한없이 긴 시간이 걸릴 것이다. 그렇게 현대 문학을 읽으며 스스로 생각이 정리되면 자연스레 고전에 대한 흥미가 생기게 된다. 고전 문학에 대한 진정한 흥미는 현대 문학을 손에 잡히는 대로 읽다가 어느 정도 질렸을 때 비로소 솟아나는 것은 아닐까 하는 생각이 든다.

## 속독술과 연극 관람

예전에 파리에 살 때 2년 동안 많은 현대극을 보고 다닌 적이 있는데, 하나하나가 다 무척 재미있었다. 파리에는 많은 극장이 있어서 각국의 연극이 번역되어 공연되었는데, 그렇게 연극 관람을 계속하다 보니 아누이(프랑스의 극작가, 1910~87)에서 몽테를랑(프랑스의 소설가, 극작가, 1896~1972)까지, 하우프트만(독일의 소설가, 극작가, 1862~1946)에서 브레히트(독일의 극작가, 1898~1956)까지, 테네시 윌리엄스(미국의 극작가, 1911~83)에서 T. S. 엘리엇(영국의 시인, 극작가, 1888~1965)까지, 체호프(러시아의 소설가, 극작가, 1860~1904)에서 고리키(러시아의 소설가, 극작가, 1868~1936)까지 두루 섭렵하며 현대극을 알게 되었다. 그렇게 2년을 보내고 나니 현대극을 공연하는 소극장을 찾아다니는 일에 흥미를 잃게 되었고, 공연을 보기도 전에 어느 작품이나 다 엇비슷한 극적 대립밖에 그리지 못한다고 생각하게 되었다. 마침 그럴 때 몰리에르(프랑스의 희극 작가, 1622~73)나 라신(프랑스의 비극 작가, 1639~99)이나 소포클레스(고대 그리스의 비극 시인, BC 496~406)의 고전극에 처음으로 강한 호기심을 느끼게 되었다. 실은 고전극을 봐야겠다고 생각한 것이 아니라 고전극을 제외하면 더는 보고 싶은 것이 없어진 상황이었다. 그런 호기심은 파리에서 연극을 보러 다니던 2년간의 초기가 아니라 막판에 생겼다. 하지만 나는 지금도 그 과정이 거꾸로 일어났으면 좋았겠다고 생각하지는 않는다. 아니, 거꾸로 일어날 수는 없었을 거라고 느끼고 있다. 왜냐하면 그것은 지식이나 논리가 아니라 경험을 통해 이루어질 수밖에 없는 일이기 때문이다. 문학 작품을 읽고 연극을 보는 것은 일종의 경험이다. 경험의 집적에는 나름대로 질서가 있다. 그 질서는 지식의 집적에서 볼 수 있는 방법론적 질서와는 전혀 다른 종류의 질서이다. 여하튼 내가 고전극을 발견하게 된 데는 상당히 많은 현대극 관람이라는 경험이 필요했던 것이다. 연극 관람만이 아니라 문학에 관련된 독서 일반에 대해서도 같은 말을 할 수 있을 것이다.

## 왜 속독이 필요한가

또 이런 상황도 있다. 전쟁 전이라면 중학교에서 고등학교로 진학했을 때가, 요즘이라면 고등학교에서 대학에 입학할 때가 적어도 어떤 사람에게는 인생의 전환기이다. 입시를 위해 교과서를 반복해서 읽었다면 그 밖의 책은 아주 조금밖에 읽지 않았다는 말이 된다. 그러다가 입시가 끝나고 시간이 나서 지적인 세계를 조금 접해 보려고 하니 세상에는 책이 무수하게 많다는 것을 알게 된다. 게다가 그 책들이 대개 옛날 책을 바탕으로 하고 있고, 그 옛날 책 역시 무수하게 많다는 것을 알고 놀라게 된다. 가령 잡지 논문을 하나 봐도 마르크스가 인용되고 케인스(영국의 경제학자, 1883~1946)가 인용되고 있다. 교과서에는 그런 사상가의 업적과 사상이 거의 설명되어 있지 않으므로 만약 그 논문을 제대로 이해하고자 하면 마르크스가 어떤 생각을 했는지, 케인스가 어떤 주장을 했는지, 적어도 그 개요라도 얼른 알아봐야 한다. 케인스 대신에 막스 베버(독일의 사회학자, 1864~1920)가 언급된 논문이 있을지도 모른다. 이 역시 학교에서는 가르치지 않는 사상가이다. 결국 입시를 끝낸 학생들이 느끼게 되는 것은, 지금 이 세상에서 사물을 사고해 나가는 데 반드시 필요한 과거의 사상을 공부한다는 것은 애초에 입시 준비와는 전혀 별개의 공부라는 것, 당장 그 공부를 시작할지 아니면 차라리 포기하고 학점이나 따는 데 매진할지, 아니면 막스 베버를 알게 되는 기쁨보다는 조금 더 손쉬운 즐거움에 전념할지를 결정해야 하는 일종의 갈림길에 서 있다는 것이다. 어느 길이 좋은지는 사람마다 다를 것이다. 누구에게나 좋은 길이란 있을 수 없다.

그런데 만약 학생들이 가장 중요한 공부인 입시 준비와는 별개로 다른 공부도 해보겠다고 결심한다면, 당면한 목적을 이루기 위해서라도 꼭 읽어야 할 책은 과거에서 현재에 이르기까지 헤아리기 힘들 만큼 많을 수밖에 없다. 속독의 필요가 거기에 있다. 마르크스를 한 번도 읽지 않고서는 사회학을 논할 수 없다. 데카르트(프랑스의 철학자, 1596~1650)를 한 번도 읽지 않고서는 철학을 논할 수 없다. 조리 있게 일본 문학에 대해서 이야기하려면 아무래도 『만엽집』 『겐지 이야기』 『헤이케 이야기』, 이하라 사이카쿠(에도 시대의 소설가, 1642~93), 지카마쓰 몬자에몬(에도 시대의 극작가, 1653~1723), 모리 오가이, 나쓰메 소세키 정도는 읽어 둬야 한다. 그것만이 아니라 세계문학전집 가운데 상당 부분을 읽어 둬야 할지도 모른다. 또 역사에 대해서, 음악이나 미술에 대해서 생각할 때도 각각 필요한 책이 있고, 그런 분야에 대해서 남들이 하는 이야기를 이해하기 위해서라도 읽어 둬야 하는 책이 있다.

그런 책을 읽어 두는 것은 마치 여행을 하는 데 자동차를 이용하는 것과 같다. 다른 여행자가 차량으로 달릴 때 나만 걸어간다면 도저히 그들과 같은 장소에 도착할 가망이 없다. 차량 운전을 배우거나 여행을 포기해야 할 것이다. 스무 살 전후의 청년이 입시가 끝나고 맞닥뜨리게 되는 기로는 운전을 배워서 여행에 나설지, 운전 강습을 그만두고 여행을 포기할지를 선택해야 하는 상황과 비슷하다. 만약 운전을 배우기로 결심했다면, 독서에서는 운전과는 비교도 안 될 만큼 익혀야 할 것이 많다. 어디서부터 시작해야 하는가 하는 것은 다음 문제이고 일단은 빨리 읽어 내지 않으면 안 되는 것이다.

## 하루에 한 권 읽기에 대하여

작가 스기우라 민페이 씨(1913~2001)가 매달 1만 페이지를 읽는 것을 원칙으로 삼고 있다는 소문을 들은 적이 있다. 뭐든 좋으니 여하튼 매달 1만 페이지는 읽는다고 한다. 매달 1만 페이지라면, 한 권당 평균 3백 페이지로 본다면 대략 하루 한 권꼴이다. 나도 고교생일 때 페이지 수에 연연하지 않고 '1일 1책', 즉 하루에 한 권씩 읽겠다는 원칙을 세워서 실천해 본 적이 있다. 당시는 외국어 책을 하루 한 권 읽는 것은 불가능했으므로 외국 책은 번역본을 읽기로 하고, 또 두꺼운 책도 불가능하므로 원칙을 고수하기 위해서는 될수록 얇은 책을 골랐다. 그렇다고 특별히 쉬운 책만 고른 것은 아니다. 나는 신란(정토진종의 창시자, 1173~1262)의 『탄이초』歎異抄나 미나모토노 사네토모(가마쿠라 막부의 쇼군, 1192~1219)의 『금괴화가집』金槐和歌集이나 철학자 니시다 기타로(1870~1945)의 『선善의 연구』, 또 칸트(독일의 철학자, 1724~1804)의 『형이상학 서설』이나 베르그송(프랑스의 철학자, 1859~1941)의 『형이상학』, 마르크스의 『임노동과 자본』이나 『독일 이데올로기』 등을 일일일책주의에 따라 읽어 나갔다. 손에 잡히는 대로 읽은 셈이다. 물론 예비지식도 없는 사람이 그런 책을 정말 하루에 읽어 낼 수 있을 리가 없다. 실은 끝까지 읽은 것은 아니고, 대부분 아무것도 이해하지 못했던 것 같다. 그래도 전혀 들춰 보지 않은 것보다는 낫다. 자상하고 꼼꼼한 해설서를 읽는 것보다는 설령 잘 이해되지 않더라도 고전 자체를 들춰 보는 것이 좋은 점도 있다. 나는 한동안 그런 독서를 계속했지만, 끈기가 없어 2년인가 3년 만에 '하루에 한 권' 원칙을 스스로 폐기했다.

그러나 지금도 종종 스기우라 씨의 '매달 1만 페이지' 원칙을 부럽게 떠올리곤 한다. 일일일책주의로는 책의 내용을 충분히 흡수할 수 없는 것이 보통이다. 그러나 여하튼 다 읽어 내면 그 책의 저자와 몇 시간 만나는 것이고, 하루에 한 사람씩 다른 인격과 몇 시간 동안 어울리는 것은 내 인생에 변화를 주고 자극을 주고 즐거움을 준다. 더구나 그 상대방은 세상의 흔한 해설서를 읽을 때와는 달리 신란 바로 그 사람이고 마르크스 바로 그 사람이다. 아직 집해

본 적이 없는 저자, 그리고 만약 읽는다면 재미있을 게 틀림없는 저자는 언제나 한없이 많게 마련이다. 설사 한 번 읽은 적이 있더라도 세월이 흘러서 독자가 변하면 그 책에서 받아들이는 내용도 크게 달라질 것이니, 새 책을 읽는 것과 큰 차이가 없는지도 모른다.

## 외국 책을 속독하는 방법

방금 말했듯이 내가 속독법에 열중하며 스스로 일일일책주의를 고수하던 시절, 평론가 고바야시 히데오(1902~83) 씨가 우리 고등학교에 강연하러 온 적이 있다. 나는 일일일책주의를 지키려면 외국 책은 번역본으로 읽는 수밖에 없다고 생각하고 있었다. 그런데 고바야시 씨는 외국 책을 읽는 데도 하루 한 권씩 읽어 낼 만한 속도가 아니면 애초에 외국어 지식이라는 것도 별 쓸모가 없는 거라고 말했다. 어떻게 하면 그렇게 빨리 외국 책을 읽을 수 있을까. 교실에서 읽는 것처럼 꼼꼼하게 읽어 나가다가는 한이 없을 것이다. 번역본 소설을 구입하여 원서는 오른쪽에 놓고 번역서는 왼쪽에 놓고, 왼쪽의 번역서 한 페이지를 읽고 나서 오른쪽의 원서 한 페이지를 읽고 사전은 들춰 보지 않기. 모르는 부분은 건너뛰기. 그런 식으로 하루 한 권씩 읽어서 1년을 버티면 번역서 없이 외국 책을 하루 한 권씩 읽어 내는 습관이 붙는다. 빨리 읽는 요령을 저절로 익힐 수 있게 될 거라는 것이었다. 나는 그 방법을 실천해 보았다. 이것이 외국어를 익히는 가장 좋은 방법이라는 말은 결코 아니다. 일종의 궁여지책 같은 것이다. 여하튼 빨리 읽을 필요가 있었고, '급하면 돌아가라'의 방식을 취하기에는 당시 나는 너무나 서두르고 있었다. 그 뒤 외국에서 사는 기간이 길어져서 외국 책을 읽는 방식도 변했지만, 만약 외국 생활이 없었다면 지금도 같은 방식을 따르고 있을지 모른다. 번역서를 한쪽에 놓을 필요는 없어졌겠지만, 여전히 알 수 없는 부분은 건너뛰고 있었을 것이다. 여하튼 어느 정도 빨리 읽지 않으면 별 효용이 없다.

## 빨리 읽어야 이해할 수 있는 책

책을 빨리 읽는다는 것은 곧 많은 책을 읽는다는 것이다. 그것은 각 책을 대충 읽는다는 것이 되기 쉽다. 그러나 언제까지나 그럴까? 책이라는 것은 천천히 읽을수록 이해가 잘되고 빨리 읽을수록 이해가 안 되는 걸까? 아무래도 그렇다고만 생각할 수는 없을 것 같다. 물론 빨리 읽을수록 이해가 잘되는 것은 아니다. 그러나 느릴수록 이해가 좋아지는 것도 아니다. 책마다 그리고 독자마다 이해에 적합한 속도가 있는 것은 아닐까 생각한다. 그 가장 좋은 예가 연극 대본이다. 연극의 상연 시간은 2시간이다. 2시간 안에 그 각본을 읽는 것이 보통이다. 그런데 그 대본을 8시간에 읽었다면 분명히 지나치게 느린 것이다. 본래대로라면 2시간에 말할 수 있도록 쓰여 있는 연극 대본을 제대로 평가하기 위해서는 원칙적으로 대략 2시간 전후에 읽는 것이 이상적이라고 할 수 있다. 또 가령 『헤이케 이야기』처럼 본래 낭독되며 구전되던 이야기일 경우, 매끄럽게 소리 내어 읽는다면 일정한 시간에 이야기가 끝나게 되어 있다. 그런 작품을 한 달을 두고 읽는다면 적어도 그 예술적 효과는 거의 지워질 거라고 보아야 할 것이다. 물론 옛날의 청중이 가령 4시간을 두고 이해하던 『헤이케 이야기』라도 시대가 다른 만큼 요즘의 우리는 8시간이 아니면 곤란할 수도 있겠다. 만약 토씨 하나까지 또박또박 이해하고 넘어가려고 한다면 40시간으로도 부족할지 모른다. 전부를 낱낱이 이해하려면 역사 지식이나 어학적 주석이 필요하기 때문이다. 한 글자 한 구절을 조사하며 40시간을 쓰는 방식과, 이해되지 않는 곳은 건너뛰며 4시간 안에 끝내는 방식. 만약 『헤이케 이야기』를 단 한 번만 읽는다고 한다면 과연 어느 쪽이 『헤이케 이야기』를 더 잘 이해하는 방법일지 매우 궁금하다. 특히 원작이 일본의 고전이 아니라 외국의 고전일 경우에는 더욱 그렇다. 호메로스(고대 그리스의 서사시인, BC 800?~750)는 고대 그리스어로 읽지 않으면 맛이 안 난다고 한다. 과연 정말 그럴까?

한 행 한 행의 울림이라면 물론 번역으로는 전해지지 않을 게 틀림없다. 나도 호메로스를 고대 그리스어로 읽어 보려고 한 적이 있다. 고대 그리스어를 제대로 알지 못해서 다섯 행 읽는 데 한나절이 걸렸다. 물론 이것이 표준이라고는 할 수 없다. 그러나 고대 그리스어를 꽤 잘하는 사람이라도 하루에 100쪽을 읽는 것은 어려울 것이다. 몇 개월을 두고 다 읽었다는 것이 적어도 일본의 일반 독자가 기대할 수 있는 최고치가 아닐까? 만약 그렇다면 내가 번역으로 이삼 일 만에 읽은 호메로스의 『일리아스』와 비교할 때 어느 쪽이 호메로스를 더 깊이 이해했을지 매우 의심스럽다. 이야기가 전개되는 리듬, 완급의 묘, 혹은 엄청난 반복의 지루함, 그러면서도 칠흑 같은 밤에 반짝이는 별처럼 종종 등장하는 인상적인 묘사, 기묘하게 날카로운 현실 감각, 뜻밖의 순간에 나타나는 심리적인 장면의 흥미진진함, 그런 것 전체를 총괄하는 『일리아드』의 세계가 있다. 그것은 번역본으로 이삼 일 만에 읽으면 정말 잘 이해할 수 있는 것이다. 반면에 반년 동안 원문과 격투하면서 과연 그런 것들을 명료하게 느낄 수 있을지는 의심스럽다. 그러므로 책을 읽을 때는 반드시 느릴수록 좋은 것은 아니며, 오히려 다소의 결함을 감수하고라도 속도를 높이는 것이 시간적 효율성뿐 아니라 작품의 본질을 이해하는 데도 필요한 경우가 있다고 본다.

Chapter 5

# 책을 읽지 않는 '독서술'

## 한 권만 읽어라

'한우충동'汗牛充棟이라는 옛말이 있다. 수레에 실으면 소가 땀을 내고 집 안에 쌓으면 대들보에 닿을 만큼 책을 많이 수집하는 사람을 가리키는 말이다. 분명 이런 수집가는 있을 것이다. 하지만 그렇게 많은 책을 읽는 사람은 흔치 않다. 장서가가 꼭 다독가는 아니다. 또 빨리 읽든 느리게 읽든 어차피 작은 도서관의 장서 천 분의 일을 읽기도 쉽지 않다. 따라서 '책을 읽지 않는 법'은 '책을 읽는 법'보다 훨씬 중요하다. 여기 책 100권이 있다고 할 때, 이 가운데 99권을 읽지 않아도 무방하도록 하는 것은 결국 한 권을 읽겠다고 결심하는 것과 같은 것이다. 읽을 책을 선택하는 것과 읽지 않을 책을 선택하는 것은 동전의 앞뒷면과 같다. 목적을 정하고 그 달성에 도움이 되는 책을 읽되 그 밖의 책은 읽지 않겠다고 작정하는 것도 책을 읽기 위한 궁리의 첫발이고 기본이다.

가령 어떤 키워드를 이해하고자 할 때, 그 키워드에 관한 지식을 요약한 기본적인 책을 한 권만 읽고 그 밖의 책을 읽지 않는 방법을 생각할 수 있다. 입시 공부를 생각해 봐도 참고서를 많이 사본 학생이 꼭 좋은 성적을 내는 것은 아니다. 오히려 교과서를 잘 이해하고 참고서는 한 권만 골라서 충분히 이해하고 기억한 학생이 수많은 참고서를 이것저것 닥치는 대로 읽은 학생보다 오히려 더 좋은 성적을 얻는 경우가 흔하다. 입시만이 아니라 어떤 주제를 어떤 수준에서 다루든 대체로 같은 말을 할 수 있지 않을까? 사실에 근거하여 지식의 근본을 받아들이고 지엽적인 말단은 무시하며 지낸다고나 할까. 그러고는 상황이 닥치면 그 상황에 맞게 적당히 보완해 나가는 것이다. 다시 말해 남의 의견에 좌고우면하지 않는다는 방침이다. 물론 책을 전혀 읽지 않고서는 일정 정도 이상의 지적인 생활은 누릴 수 없다. 하지만 그렇게 많은 책을 읽지 않아도 일을 잘할 수 있고 인생을 멋지게 살 수 있다.

## 한 작가의 작품만 읽는다

문학, 특히 근대 문학의 특징은 작가의 개성이 표현된다는 점이다. 어느 작가의 작품 하나가 재미있었다면 그 작가가 쓴 작품만 찾아서 읽는 것도 한 가지 방법이다. 다른 작가의 작품은 베스트셀러에 오르고 서평에서 칭찬을 하고 광고가 호기심을 자극하더라도 일체 무시하고 거들떠보지 않는다는 것이다. 가령 나는 중학교 시절에 아쿠타가와 류노스케 전집만 읽고 그 밖의 작가는 거의 읽지 않았다. 나중에 아쿠타가와 류노스케(일본의 소설가, 1892~1927)만으로 만족하지 못하게 되었을 때는 모리 오가이 전집을 읽으며 그 밖의 작가는 조금밖에 읽지 않았던 것 같다. 외국 문학에 대해서도 내가 구할 수 있는 범위 안에서 발레리(프랑스의 시인, 1871~1945)를 먼저 읽었고, 그 뒤에 역시 내가 구할 수 있는 범위 안에서 사르트르(프랑스의 작가, 철학자, 1905~80)를 읽었다. 나가이 가후(일본의 소설가, 1879~1959)의 경우, 메이지 이후의 일본 작가에 대해서 더 철저한 태도를 취했던 것 같다. 그는 만년에 모리 오가이 이외에는 일체 읽지 않는다고 말한 바 있다. 메이지 이후라고 해도 작가가 워낙 많으므로 숱한 작가를 접하고 있었다면 필시 기생과 노닥거릴 시간도 없었을 것이다. 만약 살아서 활약하는 작가 한 사람을 계속 읽는다면 독자가 젊을 때는 작가도 젊고 독자가 나이를 먹으면 작가도 나이를 먹어가므로 작가의 발전을 자신의 흥미의 발전과 나란히 하며 세세하게 짚어 볼 수 있다는 즐거움도 있다. 가령 나는 이시카와 준(일본의 소설가, 평론가, 1899~1987)이나 나카노 시게하루(일본의 소설가, 시인, 평론가, 1902~79)의 작품을 종전 이후 내내 읽어 왔다. 해서 그 작가들과 동시대를 걸어 왔다는 감개가 있다. 작가도 변하지만 독자도 변한다. 그래도 정신적 끈은 유지되는 것이다. 그것은 젊은 시절에 어느 작가를 읽고 나이가 들면 다른 작가를 읽는 경우, 혹은 자기 나이에 관계없이 그때그때 인기 있는 작가의 작품을 읽는 경우, 혹은 젊은 시절에는 종합 잡지를 읽고 회사에서 지위가 오름에 따라 오락용 주간지만 읽는 경우에는 기대할 수 없는 즐거움이다. 문학을 알기 위해서, 혹은 인생의 의미를 책으로나마 이해하기 위해서라도 한 명의 작가와 오래도록 어울리는 것은 좋은 방법이라고 본다.

## 고뇌를 덜어 주고 뜨거운 머리를 식혀 주는 책

그러나 어떤 일이든 목적에 맞게 방법을 궁리해야 한다. 문학에 대해서 조금 더 말하자면, 깨달음을 얻고 안심입명安心立命(천명을 깨닫고 마음의 평안을 얻은 상태—옮긴이)의 경지에 도달하는 데 가장 좋은 것은 희극을 읽는 것이 아닐까. 가령 아리스토파네스(고대 그리스의 희극 시인, BC 445?~385?), 교겐(일본의 전통 희극—옮긴이), 에도 시대의 센류(짧은 정형시로 세상사를 골계적으로 다루는 서민 문학—옮긴이)나 잣파이(짧은 시로 기지와 골계를 표현하는 서민 문예의 총칭—옮긴이) 등은 보수와 진보, 자본주의와 사회주의, 평화 운동과 자위대 강화 같은 문제에 핏대를 올리고 외곬으로 생각하고 분기탱천하는 사람, 세상을 허망하게 바라보는 사람 등에게는 더할 나위

없이 좋은 해독제가 될 것이다. 예를 들면 아리스토파네스의 『여인들의 민회』를 읽어 보면 그 옛날에 이미 반전 운동이 있었다는 사실뿐 아니라 그 운동을 성생활의 속사정과 엮어서 해학적으로 다루었다는 것, 더구나 매우 합리적인 지혜가 있었다는 것을 잘 알 수 있다. 또 이념 투쟁에 너무 열중한 나머지 애초에 자신들이 무엇 때문에 다투게 되었는지도 알 수 없게 되고 대혼란에 빠지는 것은 요즘만의 이야기가 아니며, 가령 교겐 『교리 다툼』宗論(견원지간으로 알려진 일련종 승려와 정토진종 승려가 여행길에 만나 밤새 교리 논쟁을 벌이는 내용—옮긴이)이 공연되던 시절에도 그런 갈등이 있었다는 것을 알 수 있다.

정부가 인민 대중을 감독하고 훈계하고 마치 부모가 자식을 대하는 듯이 인민을 다루는 것은 도쿠가와 막부의 간세이 개혁을 비꼬았던 저 유명한 시 "세상에 모기처럼 짜증나는 것도 없지, 하도 붕붕거려서 밤에 잠도 못 자고"가 나오던 시절에도 있었던 오랜 버릇이라는 것도 알 수 있을 것이다(간세이 개혁은 문무를 장려한 것으로 유명한데, 문무文武는 일본어로 읽으면 '분부'가 된다. 이는 모기의 날갯짓 소리 '분분'과 비슷하게 들린다—옮긴이). 그런 것을 안다고 무슨 득이 되는 것은 아니지만, 자기만 세상을 고민하는 것은 아니라는 것을 아는 것만으로도 고민은 가벼워지고 달아오른 머리도 조금은 식을 것이다. 이 정도까지만 되어도 깨달음이라고까지는 말할 수 없어도 적어도 안심입명의 경지에 조금은 가까워졌다고 할 수 있을 것이다. 희극에서 얻을 수 있는 것은 사회 갈등에 대한 통찰만이 아니다. 가령 벤 존슨(영국의 극작가, 1572~1637)의 연극 『볼포네』를 읽어 보면, 잘했다고 생각한 행동이 나중에 실패의 원흉이 되는 세상사의 이치를 알 수 있다. 또 가령 몰리에르의 『인간 혐오자』를 읽어 보면 정의와 윤리라는 신념에 집착하는 상상력 없는 인간이 얼마나 골치 아픈 존재인가 하는 것을 똑똑히 알게 된다. 그런 사회 구조나 인간의 감정이 빚어내는 희극은 아마 예나 지금이나 다르지 않을 터이므로 우리가 인생을 살면서 깨달음을 얻는 데도 벤 존슨이나 몰리에르가 도움이 될 것이다. 또 지로두(프랑스의 극작가, 1882~1944)나 네스트로이(오스트리아의 극작가, 1801~62)의 희극을 읽어 보면 어느 시대 어느 사회에서나 관습과 가치 판단의 기준 등은 상대적이며, 지역이 달라지면 풍속과 습관도 달라진다는 것을 저절로 느낄 수 있을 것이다. 그러면 우리가 사는 사회의 풍속, 습관, 정의, 윤리 등 모든 구호도 결코 확고한 것은 아니라는 것, 또 그 확고하지 못한 구호조차 실행이 따르지 않는 것이 이 세상의 실상이라는 것, 대체로 안심입명이라는 것도 그런 점들을 납득하는 것 이상의 무엇은 아닌 듯하다는 것도 저절로 알게 될 것이다.

## 오늘 밤부터 유쾌하고 행복해질 수 있는 책

한편 수많은 고뇌 끝에 다다르는 안심입명보다는 당장 오늘 저녁부터 유쾌해지고 싶다, 행복해지고 싶다는 사람이라면 비극을 읽는 것보다 나은 방법이 없다. 비극에 등장하는 사람들은 대체로 참담한 처지에서 살아가므로 그런 주인공들에 비하면 자신은 얼마나 좋은 환경에서 살고 있나 하고 생각하게 될 것이다. 가령 알베르 카뮈(프랑스의 소설가, 극작가, 1913~60)의 『페스트』에서 도시 전체가 전염병으로 황폐해져 가는 북아프리카 도시의 비극에 비하면 우리 집에 빗물이 조금 새는 정도는 아무것도 아닐 것이다. 지카마쓰 몬자에몬의 조루리(반주에 맞춰 이야기를 들려주는 일본의 전통 예능—옮긴이)에서 "이승도 오늘로 끝이요 이 밤도 이제 끝나가니 죽을 자리 찾아가는 이 몸을 비유하자면" 하며 동반 자살을 하는 주인공 연인에 비하면 동료 사원들의 눈을 피해 사내 연애를 하는 것이 피곤하다는 정도의 불편은 그야말로 투정이라고 해야 할 것이다. 주인공에 비하면 내가 얼마나 행복한지를 아는 것은 비극을 읽는 효능 중에 으뜸이다. 그러나 그것만은 아니다. 사람의 본성은 위기에 처했을 때 드러나게 마련이다. 자기 자신에게 만족하기 위한 중요한 조건 가운데 하나는 인간 본성에 대한 깊은 이해를 갖는 것인데, 비극을 읽는 것은 그런 이해를 키우는 데도 도움이 된다. 다른 말로 하자면 특별한 위기의 순간에만 나타나는 인간성의 본질에 대한 이해를 우리의 일상생활 속에서 가르쳐 주는 것이 비극이다. 가령 『겐지 이야기』에도, 『헤이케 이야기』에도, 그리고 노能(일본의 전통극—옮긴이)나 조루리에도, 이하라 사이가쿠나 나쓰메 소세키의 소설에도 그런 비극적 요소가 담겨 있다. 물론 일본 이외의 나라에도 많은 문학 작품이 그런 역할을 하고 있다. 꼽자면 한이 없을 것이다.

가령 고대 그리스 비극의 주인공인 영웅들은 신탁으로 운명이 정해진다. "너는 언젠가 네 아버지를 죽일 것이다."라고 신이 말한다. 그 일이 언제 어디서 벌어질지 모른다. 아버지와 떨어져서 자라고 있던 주인공은 아버지의 얼굴을 모른다. 어쩔 수 없이 휘말린 싸움에서 사람을 죽인 영웅은 나중에 상대방이 아버지였다는 것을 알고 충격을 받아 스스로 두 눈알을 뽑고 장님이 되어 방랑 여행에 나선다. 이런 터무니없는 일은 좀처럼 일어나지 않는다. 그러나 그런 희귀한 상황으로 분명해지는 것은 자신도 모르게 저지른 죄에 대한 가책감, 돌이킬 수 없는 인생, 그 인생을 조종하는 인간을 초월한 힘이 아닐까? 우리의 죄는 부모 살해는 아닐 것이고 우리 인생을 조종하는 것은 고대 그리스인이 받들던 신이 아닐 것이다. 그러나 가령 전쟁이나 중대한 사회 현상들은 사람들의 인생을 지배하는, 인간의 의지를 뛰어넘는 힘이다. 또 살아가면서 자신도 모르게 저지르지 않을 수 없었던 죄도 헤아릴 수 없이 많을 것이다. 고대 그리스 비극의 극단적 상황 속에서 분명해지는 '인간의 조건'은 우리의 일상생활에도 존재한다. 누구나 줄리앙 소렐(스탕달의 소설 『적과 흑』의 주인공)처럼 출세할 수 있는 것은 아니지만 누구나 출세욕은 가지고 있을 것이다. 누구나 안나 카레니나(톨스토이의 소설 『안나 카레니나』의 주인공)처럼 격정적으로 사랑에 빠지는 것은 아니지만 외간 남자에게 반하는 부인은 적지 않을 것이다. 모든 세일즈맨(아서 밀러의 희곡 『세일즈맨의 죽음』)이 자살을 하지는 않지만, 영업이 잘되지 않아 집안에서 월부금도 내지 못하고 그로 인해 가정불화라도 일어난다면 한번쯤 자살을 생각해 볼 세일즈맨은 적지 않을 것이다.

## 읽지 않고도 내용을 아는 법

요컨대 목적을 확실히 정하고 그 목적을 위해서 특정한 책을 골라내고 그 밖의 책들은 깨끗이 무시하는 것이 '책을 읽지 않는 법'의 핵심이다. 하지만 좀 더 폭넓게 알고 싶은 경우도 있을 것이다. 예를 들어 역사학자라면 경제사나 법제사 분야에서 어떤 책이 출간되고 있는지 궁금할 것이고, 그 내용을 대강이라도 알고 싶을 것이다. 하지만 그런 책들을 빠짐없이 들춰 보는 것은 불가능하다. 또 경제학자가 최근의 역사학이나 사회학의 동향에 대해서 알고 싶을 때도, 헤아릴 수 없이 많은 신간들을 다 훑어볼 수는 없다. 또 일반적으로는 자연과학자가 최근의 문학 분야에는 어떤 작품이 출간되었는지를 대강 알고 싶은 경우도 있을 것이다. 꼭 학자가 아니라 일반 직장인들도 주점이나 찻집에서 만나면 프로야구나 골프, 자동차, 영화, 최신 뉴스만 화제에 올리는 것은 아니며, 가끔은 신간 이야기가 나올 수도 있을 것이다. 이노우에 야스시(일본의 소설가,

1907~91)나 마쓰모토 세이초(일본의 소설가, 1909~92)의 소설이라면 누구나 한번은 읽어 본 적이 있을 것이다. 그러나 다니자키 준이치로(일본의 소설가, 극작가, 1886~1965)의 소설이나 류 신타로(일본의 저널리스트, 1900~67)의 『벚꽃놀이 술의 경제학』, 이른바 '~백서'와 그 비판, 미국에서 베스트셀러였던 『제3제국의 흥망』, 그 밖의 다양한 책들의 경우에는 누구나 한번은 읽어 본 적이 있다고 말하기는 힘들 것이다. 그런 책을 다 읽을 시간은 없다. 그러나 그런 책에 대해서 얼마간 알고 있으면 편리하다. 직장인들이 어울릴 때도, 세일즈맨이 손님과 이야기할 때도, 또 남녀가 은밀히 혹은 떳떳하게 만날 때도. 그럴 때 자기가 읽지 않은 책의 내용을 대강 알아보려고 할 때 이용할 수 있는 것은 우선은 서평이다. 그 다음은 이른바 다이제스트 혹은 앱스트랙트, 즉 초록抄錄 종류일 것이다.

## 서평은 어떻게 활용할까

서평은 영국에서 가장 발달한 듯하다. 주간지 중에도 뛰어난 서평란을 가진 것들이 많으며, 주요한 책들이 철학, 역사, 사회과학, 자연과학, 문학, 예술 등으로 분류되어 소개되고 있다. 서평 기사의 크기는 책마다 다르지만, 중요한 책일 경우에는 내용을 어느 정도 파악할 수 있을 만큼 충분한 지면을 제공한다. 서평 내용도 무턱대고 칭찬만 하거나 흠만 잡으려 하지 않고, 언제나 긍정적 평가와 비판적 평가를 두루 담는다. 일반 독자를 위한 영문 책에 대해서는 그런 주간지의 서평란 한두 개를 매주 읽으면 설사 책을 한 권도 안 읽어도 전반적인 경향을 파악할 수 있다. 만약 그럴 만한 시간이 없다면, 경향을 파악하고 싶은 분야가 가령 역사라고 할 때 매주 역사 분야의 서평만 읽으면 된다. 그러나 일본에서는 분야가 분류되어 있지 않아서, 신뢰할 만한 서평란을 마련하는 것은 앞으로의 과제 같다. 당분간은 기존처럼 잡지나 신문의 서평란을 이용하는 수밖에 없다.

유감스럽게도 일본에서는 서평을 전문으로 하는 주간지조차 소개되는 책들의 분야가 고르게 망라된다고 하기 어렵다. 주요한 책이 누락되는 일은 거의 없는지 모르지만, 분류가 구체적이지 않으니 소개할 책을 선정할 때 혼란이 생겨 중요한 책이 누락될지도 모른다는 불안감이 있다. 또 책 한 권에 할당되는 지면이 작아서 책의 내용을 짐작하기가 어렵다. 서평가의 태도도 대개는 칭찬 일변도이고 구체적인 비판에 게으른 경우가 많은 듯하다. 그러므로 실제로 읽지 않고도 서평란을 통해서 책의 내용을 파악하기가 영국보다 훨씬 힘들 것이다.

그러나 불충분한 서평란이라도 잡지나 주간지 몇 권을 훑어보면 어느 정도까지는 그것으로 독서를 대신할 수 있다. 예를 들면 구약성서의 새로운 번역본이 나왔을 경우, 전문가의 서평을 읽으면 새 번역본이 어떤 문장으로 번역되었는지, 구판에 비해서 어떤 점이

나아졌는지 따위를 쉽게 짐작할 수 있다. 그리고 그렇게 짐작할 수 있다면 구판을 읽은 사람은 꼭 신역 성서를 들춰 보지 않아도 좋을 것이다. 새로 구어체로 번역한 목적은 아직 성서를 접해 본 적이 없는 사람이 쉽게 읽을 수 있도록 하려는 것일 테니까. 또 가령 경제학자가 논쟁을 하면서 그 과정에서 책을 쓰고 있다고 하자. 그들의 논점을 알고 싶지만 쌍방의 주장을 비교하기 위해서 책을 여러 권 읽어 볼 시간은 없다. 그럴 때는 서평 전문 주간지의 서평을 읽는 것으로 대신하면 된다.

## 귀동냥의 효능

또 서평은 꼭 신문이나 잡지로만 유통되는 것은 아니다. 일상적인 대화에서 "이번에 이런 책을 읽어 봤는데 재미있더군…" 하고 말하는 사람이 있다. 말하자면 구전 서평이다. 인쇄된 서평에는 질문을 해볼 수 없지만 구전 서평에는 얼마든지 질문을 할 수 있다는 장점이 있다. 예를 들면 캐나다의 외교관이며 일본 역사 연구가였던 E. H. 노먼 씨(1909~57)는 종종 그런 구전 서평을 했다. "플리니우스의 편지에는…"라든지, "존 오브리가 이런 말을 했어요…"라든지. 나는 플리니우스(고대 로마의 정치가, 학자, 23~79)도 존 오브리(영국의 전기 작가, 1626~97)도 읽어 본 적은 없지만 노먼 씨의 이야기를 들은 덕분에 그들이 어떤 글을 썼는지는 얼추 짐작할 수 있었다. 서양에 그런 사람이 많은데, 실은 일본에도 적지 않은 것 같다. 고노 요이치 씨(일본의 철학자, 번역가, 1896~1984)나 마루야마 마사오 씨(일본의 정치학자, 1914~96), 가와시마 다케요시(일본의 법학자, 1909~92) 교수나 와타나베 가즈오(일본의 불문학자, 1901~75) 선생, 그 밖에 여기 다 꼽기도 힘든 친구나 지인들이 내가 외국에서나 일본에서 읽을 수 없었던 재미난 책들을 많이 읽고 평소 대화에서 그런 책 이야기를 들려준다. 근주자적近朱者赤(붉은색을 가까이하면 붉어진다는 뜻—옮긴이)이라는 말이 있다. 어울리는 상대방이 무학문맹이면 이쪽도 그리 되기가 쉽고, 학문 지식이 있는 사람이면 귀동냥이라는 것을 무시할 수 없다. 책을 읽지 않아도 그런 주변 사람들이 보완해 주는 것이다.

### '다이제스트'의 감언이설에 넘어가지 않기

'다이제스트', 즉 많은 잡지에서 볼 수 있는 논문이나 기사에 대한 정기적인 초록은 어떤 때는 큰 도움이 되기도 하고 어떤 때는 실수의 원인이 되기도 하며, 읽기에 따라서는 더없이 편리한 것이기도 하고 읽기에 따라서는 독자를 얄팍하게 만드는 것 말고는 아무런 효능이 없는 것이기도 하다. 초록 잡지는 그것이 사회 문제, 특히 정치에 관련된 사회 문제를 많이 다루는 경우에는 독자를 그르치게 할 위험이 크다. 그런 문제는 사람에 따라 의견이 다른 것이 당연하다. 특히 국내 규모든 국제 규모든 두 세력이 다투고 있을 때는 특정 편집자에게 이른바 객관적이고 공평한 시각을 기대하기 어렵다. 그런데 초록의 경우에는 첫째, 무엇을 초록하는가 하는 결정, 둘째, 각 논문 또는 기사의 어느 부분을 초록하는가 하는 결정 등 두 단계의 결정에 편집자의 의견이나 취향이 개입할 수밖에 없다. 이때 편집자는 직접 논문을 쓰고 있는 것이 아니다. 말하자면 남의 논문 혹은 기사의 단편을 나열함으로써 독자에게 마치 그것이 논문의 객관적인 스케치 같은 인상을 주지만 실은 자신의 의견을 표현한 경우가 많은 것이다. 독자는 현재 발표되고 있는 많은 주장들을 손쉽게 훑어보았다고 느끼지만 실은 한 사람의, 혹은 몇 사람의 편집자에게 휘둘리기가 쉽다. 남의 주장을 고개를 끄덕이며 읽는 것이 나쁜 것은 아니다. 그러나 그러기 위해서는 그 사람이 누구인지가 분명해야 하고 또 상대방의 의견이 명료해야 하고 내가 찬성하는 이유도 명확해야 한다. 누군지 알 수 없는 베일 속 인물의 의견을 무의식중에 내 의견으로 삼는 것처럼 위험한 일은 없다.

다시 한 번 말하지만 그런 위험은 초록 잡지를 만드는 사람들이 대립하는 그룹이나 국가나 진영 가운데 어느 한쪽에 속한 경우에, 다른 말로 하자면 이 세상에 분쟁이 있는데 편집자가 직접적이든 간접적이든 그 당사자인 경우에 가장 커진다. 인생의 중대사를 놓고 남의 언변에 넘어간다면 얄팍한 사람이라고 해야 할 것이다. 냉전 시절에 미소 대립이 있었는데, 미국의 초록 잡지에서 얻은 재료로 소련 사회를 판단한다면 그 역시 얄팍한 것이고, 그 역도 마찬가지이다.

원래 초록 잡지, 아니 잡지뿐 아니라 일반적으로 초록이라는 것을 읽는 데는 몇 가지 주의가 필요하다. 늘 초록만 읽는다면 사물을 처음부터 끝까지 생각하는 힘이 약해질 것이다. 요령 같은 것만 알고 전체를 모르기 십상이다. 아니 요령이라도 안다면 그나마 다행이고, 그런 독서만 계속한다면 자신에게 주어진 전체에서 제 힘으로 요령을 찾아내는, 아마 인간의 지적 능력 중에서 가장 중요한 능력이 무뎌질 가능성도 있다.

가령 라디오 음악 프로그램을 들어 보면 이른바 '메들리'처럼 여러 노래의 일부 소절만 모아서 테이프에 녹음하여 내보내는 경우가 있다. 매우 교묘하게 편집한 덕분에 일정한 분위기를 자아내는 데는 도움이 될 것이다. 대부분의 사람은 그런 음악을 필요할 때 이용하고 다른 때는 가령 교향곡을 처음부터 끝까지 듣는다. 그러나 가령 그런 테이프만 듣는 사람이 있다면 음악을 얄팍하게 접하는 것이 습관이 되고 말 것이다. 같은 이야기를 독서에 대해서도 할 수 있는데, 초록은 꼭 필요할 때 이용해야 한다. 초록만으로 형성된 사람의 두뇌는 결국 그다지 쓸모없는 머리가 될 것이다.

그러나 이 세상에는 분쟁과 전쟁과 정치 선전만 있는 것은 아니다. 그런 것과는 거의 무관한 인간의 활동이 매우 많다. 예를 들면 자연과학의 거의 모든 영역이 그렇다. 오늘날에는 어떤 분야에서나 과학기술이 극단적으로 전문화되고, 한 분야의 좁은 영역만 해도 전 세계에 수많은 전문 잡지가 간행되고 있으며, 그 전문 잡지에 발표되는 논문은 점점 늘어가기만 한다. 연구실의 학자, 연구자, 기술자는 자기 분야의 학문과 기술의 발전에 뒤쳐지지 말아야 한다. 그러면서도 한편에서는 자신의 사고를 정립하고 자신의 문제를 풀기 위해서 실험을 계획하고 실행하고 그 자료를 정리하고 분석하고 결론을 내리는 작업을 해나가야 한다. 그러려면 시간이 아무리 많아도 부족하다. 일단 요지라도 파악해 두어야 할 문헌은 산더미처럼 많고, 거기에 투자할 시간은 매우 제한되어 있다. 전 세계의 학자, 연구자, 기술자가 당면하고 있는 이러한 어려움에 대해서 지금 생각할 수 있는 유일한 해결책은 전문 잡지나 문헌의 초록을 정기적으로 간행하는 것이고, 그런 국제적인 초록 잡지는 연구실이나 전문 도서관이라면 어디에나 비치되어 있다. 그것을 필요에 따라 보는 것, 거기에서 자신의 연구 과제와 관련 있는 문헌을 추려 내서 읽는 것은 애초에 편의의 문제가 아니라 모든 연구자에게 절대적으로 필요한 일이다. 그런 작업을 하지 않는 학자는 없다. 이 역시 다 읽지 못할 책을 놓고, 읽지 않아도 되도록 하는 궁리 가운데 하나이다. 그리고 어차피 그런 작업을 해야 한다면 초록은 대대적이고 조직적일수록 좋다. 그러나 이것은 일반 독자하고는 상관없는 이야기이다. 이제 이야기를 다시 일반 독자에게, 아니 책을 읽지 않아도 되는 일반적인 방법에 대한 궁리로 돌리기로 하자.

## 상대방으로부터 필요한 지식을 얻어내는 기술

가령 젊고 아름다운 부인이 그냥 젊고 아름답기만 한 것이 아니라 지적으로 보이려면 어느 정도 책을 읽지 않을 수 없다. 하지만 너무 많이 읽다가는 화장할 시간이 부족할 터. 사실 지적인 인상을 풍기기 위해서는 꼭 그렇게 많은 책을 읽을 필요는 없다. 또 가령 신임 과장이 회의석상에서 어떤 문헌 이야기가 나오더라도 조금도 당황하지 않고 그 문헌에 대해 몇 시간 동안 활발하게 토론을 해야 한다고 해도 꼭 그 문헌을 미리 읽어 둘 필요는 없다. 읽어 본 적이 없고 들어 본 적도 없는 책에 대해서 자유자재로 대화하는 것도 궁리하기 나름이며 꼭 불가능한 것은 아니다.

가령 누가 내가 읽어 본 적이 없는 책에 대해서 말하기 시작했다고 하자. 이때 나는 냉큼, "그거 재미있죠."라고 말한다. 만약 그 책 이야기를 꺼낸 사람이 재미있다고 생각한다면 나의 선선한 반응에 고무되어 그 책에 대해서 열심히 말할 것이다. 만약 그가 그 책을 별로라고 생각한다면, "아뇨, 그 책, 별 재미는 없어요."라는 식으로 반응할 것이다. 그럴 때, "하지만 나에게는 흥미로워요." 하고 말하면 어떻게 될까? 물론 상대방은 그 책이 왜 재미있지 않은지를 설명하기 시작할 것이다. 어쨌거나 누군가가 어떤 책에 대해서 말하기 시작했다면 그는 그 책에 무언가 흥미를 느끼고 있을 것이므로 책 내용에 대한 이야기를 이끌어 내는 것은 그리 어려운 일이 아니다. 잠시 듣다 보면 저자 이름을 알 수 있고, 애초에 그 책이 무엇에 대한 책인지도 대략 짐작이 갈 것이다. 이야기가 진행될 때 적당히 맞장구를 쳐주면 이야기는 점점 활기를 띤다. 가능하면 맞장구는 조금 회의적인 맞장구, 또는 소소한 반대의 맞장구일 때가 더 효과적일 것이다. "글쎄요, 그게 그런가요."라든지, "그렇게만 말할 수 있을까요."라든지. 물론 읽어 본 적이 없는 책이니 명확한 의견을 제시할 수는 없다. 그러나 상대방이 무언가를 이야기하는 이상, 막연하고 회의적인 반응, 예컨대 "그렇지만은 않을 것도 같은데."처럼 대체 어떻다는 것인지 알 수 없는 반응, 반박인지 질문인지 알 수 없는 반응을 보이는 것은 언제나 쉬운 일이다. 이런 반응에 대해서 화자는 대개 자신의 설명이 부족했다고 생각하거나 자기 의견을 뒷받침할 근거가 충분하지 못했다고 생각하게 마련이다. 그러면 더 많은 근거를 대고 더 풍부한 설명을 하지 않을 수 없을 것이다. 이게 바로 원하던 상황이라, 내가 읽어 본 적이 없는 책의 내용이 그 자리에서 분명해진다. 무언가 의미 있는 발언은 그 다음에 해도 늦지 않다.

이런 방법은 젊고 아름다운 여성에게는 매우 쉬운 일이다. 그런 여성이 맞장구를 쳐줄 때 입을 꾹 다물고 있을 만큼 과묵한 남자는 흔치 않다. 신임 과장에게는 그리 쉬운 일은 아닐지 모르지만, 그래도 궁리하기 나름이어서 어지간한 선까지는 파악이 될 거라고 본다. 요컨대 이야기가 어느 정도만 진전되어 주면 읽지 않은 책이라도 내용이 훤히 파악되기 마련이다. 긴 서평을 읽는 것보다 더 구체적으로 파악될 것이다. 그 다음에는 너무 막연한 반대나 일반적인 찬성이 아니라 어느 정도 의견다운 의견을 내놓아도 된다. 그렇게 한다면 당신은 적어도 남들 눈에는 지적인 여성이고 부지런히 교양을 닦고 있는 과장으로 보일 것이다. 대화가 시작될 때는 지적이지도 않고 독서도 게을렀는지 모르지만, 대화가 끝날 때는 꽤 지적이고 교양도 열심히 닦은 사람이 되어 있을 것이다. 찜찜하게 생각할 것은 없다. 그 정도 요령도 없다면 이 거친 세상을, 아니 이 거친 출판 저널리즘의 파도를 어찌 넘겠는가.

## '읽은 척'은 중요하다

아무튼 읽지 않은 책을 읽은 척하기, 모르는 책을 잘 아는 척하기. 이것이 지적 스노비즘이라는 것이다. 북미 대륙 어느 나라의 산 좋고 물 맑은 땅에 대학이 하나 있었다. 아니, 그 대학은 지금도 그곳에 있다. 산 좋고 물 맑은 땅은 대도시에서 멀리 떨어져 있게 마련이다. 그곳에서는 대학 교수와 그 부인들이 도시의 환락을 누릴 도리도 없기 때문에, 그리고 달리 재미난 말상대도 없기 때문에 서로의 집을 방문해서 밤을 지새우곤 한다. 교수의 나이는 제각각이지만, 물론 그렇다고 십대가 섞여 있는 것은 아니다. 대체로 서른 이상이어서, 한 집에 모여 밤을 지새운다고 해도 요컨대 먹고 마시고 그저 수다를 떠는 것이 전부이다. 춤을 추거나 소동을 피우거나 도

박을 하지는 않고 오로지 사상 교환을 즐긴다. 동료에 대한 사상, 학교 행정에 대한 사상, 음식에 대한 사상 등. 그럴 때는 누군가의 입에서 이런 책을 읽었다는 이야기도 당연히 나온다. 그러나 어느 누구의 입에서도 "그 책은 못 읽어 봤는데, 무슨 내용인데?" 하는 반응은 나오지 않는다. 물론 다들 실제로 읽어 본 것은 아니다. 무엇보다 우선 대학 교수라면 어쨌든 전문가이므로 자기 전공 이외의 분야에 대해서는 아는 것이 별로 없다. 또 다들 영어가 가능해서 대화가 이루어지기는 하지만 국적은 제각각이라, 영국, 미국, 캐나다, 독일, 프랑스, 일본, 중국, 인도, 이탈리아, 스페인, 러시아 등에서 나오는 책을 저마다 읽고 있으므로 상대방이 읽은 책을 이쪽도 읽었을 가능성은 1퍼센트도 안 될 것이다. 그래도 담론은 만발하다. 읽어 보지 않았으면서도 읽어 보지 않았다고 말하지 않는 스노비즘이 있는 데다, 듣도 보도 못한 책에 대해서 밤새 이야기하는 기술을 좌중이 다 터득하고 있기 때문이다.

내 친구 중에 장난기 있는 친구가 한번은 그런 사교 모임에 참석했다가, 아무도 읽어 본 적이 없는 책의 제목이나 아무도 알 리가 없는 학문 분야, 그러니까 실제로는 존재하지 않는 책 제목과 있지도 않은 학문의 이름을 거론해 보았다. 그리고 그 자리에 모인 대학 교수들이, "그건 무슨 내용인데?" "처음 들어 보는 학문인데, 그건 뭘 연구하는 건데?"라고 물을 때까지 걸린 시간을 기록했다. 심술궂은 내 친구는 그것을 '스노비즘' 계수라 명명했다. 그 질문까지 걸리는 시간이 길수록 스노비즘 계수가 커지는 셈이다.

나는 이런 스노비즘을 비난하는 것은 아니다. 비난은커녕 애초에 문화 함양에 스노비즘처럼 중요한 것은 없다는 말을 하려는 것이다. 지적 스노비즘은 "어차피 나는 바보니까"라는 '어차피 바보이즘'의 반대이다. 스노비즘은 아무것도 낳지 못한다는 말은 사실임이 분명하다. 그러나 문화의 가치를 인정하지 않으면 스노비즘도 성립하지 않을 터이니, 이는 적어도 '어차피 바보이즘'처럼 파괴적이지는 않다. 가령 미국에 위세를 떨치던 매카시즘은 이 나라 대중에 잠재된 '어차피 바보이즘'의 정치적 동원일 따름이다. 문화 활동에서 스노비즘이 중요한 것은 정치 활동에서 '위선'이 필요한 것과 같다. 성인은 선을 행한다. 악마는 악을 행한다. 어느 쪽이나 언행일치이고, 겉과 실상이 다르지 않다. 이때 성인의 정치냐 악마의 정치냐 하는 식으로 사물을 바라보는 것은 위험하기 짝이 없는 것이다. 왜냐하면 성인의 정치는 행하기가 어렵다는 것이 사실인 만큼 어차피 정치는 악마의 일이라는 결론으로 비약하기가 쉽기 때문이다. '조약은 종잇조각에 불과하다' '힘 외에 상대방을 설득할 말은 없다' '중요한 것은 명분이 아니라 실행이다'라는 것이 된다. 이것이 바로 히틀러(1889~1945) 아닌가. 요순(중국 고대의 성군—옮긴이) 아니면 히틀러라는, 모 아니면 도라는 식은 곤란하다. 요순도 아니고 히틀러도 아니며, 명분을 존중하지만 실행은 꼭 명분대로 되지 않는 것, 즉 '언행불일치' '위선' '못 믿을 알비온'(17~18세기의 열강이 약삭빠른 외교를 펼치는 영국을 야유하던 말로, 근세 영국 혹은 영국인을 가리키는 별명이 되었다—옮긴이), 이것이 현실 정치에서 바랄 수 있는 최상의 것이 아니겠는가. 그런 면에서 독서도 정치를 닮았다. '어차피 바보이즘'과 박람강기주의 사이에 책을 읽지 않는 궁리가 있고, 읽지 않고도 읽은 척하는 요령이 있어야 할 것이다. "어차피 나는 바보니까"라는 말만 하고 있으면 언제까지나 바보를 면치 못한다. 읽지 않은 책을 읽은 척하다 보면 정말로 읽어 볼 기회도 늘어나게 마련이다.

Chapter 6

# 외국어 책을 읽는 '독해술'

## 외국어 책을 읽는 요령

외국어 책을 어떻게 읽을까. 이 문제는 외국어를 전혀 모르는 사람에게는 애초에 문제가 되지 않는다. 어차피 아무 책도 읽을 수 없기 때문이다. 또 외국어를 자국어의 절반 정도 아는 사람에게도 거의 문제가 되지 않는다. 어떤 책이든 읽을 수 있기 때문이다. 그러나 외국어 하나 혹은 두 개를 꽤 잘하지만 외국어 책을 읽는 데 어려움을 느끼는 사람들이라면, 어떻게 하면 그 어려움을 극복할 수 있을까 하는 문제가 생길 것이다. 또 어떤 책이라면 읽을 수 있을까, 또 어떤 책이라면 읽기 힘들까, 외국어 책을 읽을 때 시간이 너무 오래 걸리는데 어떻게 하면 그 시간을 단축할 수 있을까 하는 문제는 지금도 일본의 독자층 대다수가 느끼고 있는 고민이 아닐까 짐작된다. 중학교, 고등학교 교육 과정에 외국어 교육이 보급된 이후로 외국어로 무언가를 읽어 본 경험이 없는 사람은 드물다. 그러나 필요한 책을 읽으며 언어 장애를 거의 느끼지 않는다는 사람도 역시 드물 것이다. 그 중간에 있는 대부분의 사람들이 제한된 외국어 지식으로 책 읽기를 포기하지 않고 무언가를 실제로 읽고자 할 때 어떤 궁리를 해볼 수 있을까. 여기서 중요한 것은 아마 두 가지일 것이다. 그리고 이 두 가지는 학교의 외국어 교육이 거의 무시하고 있는 것이다.

## 짧은 외국어 실력으로도 책은 읽을 수 있다

첫째, 필요는 발명의 어머니라는 원칙. 재미 삼아 책을 읽기에는 외국어 실력이 충분치 못하더라도 필요한 책을 읽는 데는 충분하다는 것이다. 달리 말하면 언어 실력이 부족하면 자신과 아무 상관없는 책부터 읽기 시작하는 것보다는 그 내용을 꼭 알고 싶은 책부터 시작하는 것이 좋다는 것이다.

가령 나는 고등학교에서 독일어를 매우 불충분하게 배우고 도쿄제국대학 의학부에 입학했다. 당시 의학부 교재는 일부가 독일어였는데, 그 내용을 읽고 익히지 못하면 졸업할 수 없었다. 외국어 책을 읽는 것이 좋지도 싫지도 않고, 편하지도 불편하지도 않았지만(사실 전혀 낯선 내용을 외국어로 익히는 것은 불편하기 짝이 없는 일이었지만) 어쩔 수 없이 필요에 쫓겨 독일어를 읽게 되었다. 또 나는 당시 불문학을 하는 친구도 많았다. 친구 후쿠나가 다케히코(일본의 소설가, 불문학자, 1911~79), 나카무라 신이치로(일본의 소설가, 평론가, 1918~97), 미야케 노리요시(일본의 불어학자, 불문학자, 1917~2003), 모리 아리마사(일본의 철학자, 불문학자, 1911~76) 등은 다들 프랑스어 책을 자유자재로 읽고 있었고, 모리 씨는 내가 독일어를 읽는 속도로 중세 라틴어를 읽고 있었던 것 같다. 현대 유럽어 한두 개를 쉽게 읽지 못하고서는 이들과 대화가 되지 않을 지경이었다. 더구나 우리를 가르치던 와타나베 가즈오 선생은 당시부터 르네상스기 불문학을 연구하고 있었는데, 그 연구에 지치면 밤늦게 신간 소설이나 희곡 따위를 한 권 해치우고 잠을 잔다고 했다. 우리라면 하루 종일 열심히 공부하며 몇 날을 두고 독해할 책을 와타나베 선생은 지친 머리를 쉬게 하는 몇 시간 안에 다 읽어 버리고는, "현대 문학에 대해서는 잘 모르지만 어젯밤에 콕토의 희곡을 읽어 보니…" 하고 말하곤 했다. 나는 크게 놀라, 프랑스 문학이라는 것은 원서를 술술 읽을 수 있지 않고서는 자리에 끼기도 힘들겠다고 생각했다.

그래서 프랑스 문학 책을 이해하든 못하든 빨리 읽을 수 있게 되었던 것 같다. 하지만 미야케 군이 옆에서 내 이야기를 듣고 있다가 "그거, 조금 틀리지 않나? 그건 아니지." 하고 말한다. 특히 프랑스어에 관한 한 미야케 군이 아니라고 하면 분명히 아닌 것이고 유감스럽게도 항변의 여지는 거의 없었다. 나는 이야기를 뚝 그치고 미야케 군에게 엉성한 독해를 교정 받게 된다. 그런 식으로 내가 프랑스어 책 읽기를 배웠다는 것은 아니지만, 적어도 배웠다고 생각하기 시작한 것 같다.

이것은 내가 프랑스에서 생활하기 전의 이야기이다. 프랑스에서 지내자면 당연히 프랑스어를 읽을 필요가 있다. 그 뒤 나는 독일어나 영어를 할 줄 알아야만 하는 개인적인 상황에 처한 탓에 독일어와 영어도 말할 수 있게 되었다. 하나의 언어를 읽는 것과 말하는 것은 그렇게 성격이 다른 것은 아니다. 글을 일체 읽지 않는 사람이 하는 이야기라면 그 수준은 뻔하다. 일본어를 읽지 못하는 외국인의 '일상 회화'라는 것이 실은 쇼핑에 필요한 회화 정도를 벗어나지 못한다는 것을 보더라도 알 수 있다. 일본인은 '일상' 쇼핑에서만 일본어를 사용하는 것이 아니다. 또 역으로 영어를 말하지 못하는 사람이 영어로 쓴 글을 빨리 정확하게 이해하기는 어려울 것이다. 나는 영어와 독어를 말할 수 있게 되는 동시에 꽤 빨리 읽을 수도 있게 되었다. 말하자면 이는 우연의 결과이며, 내가 그래야만 하는 상황에 처했기 때문이다. 그러나 영어, 독어, 불어를 말할 수 있어야 하는 상황에 처하기 전에, 즉 내가 일본에서 외국인을 한 명도 접하지 않고 지낼 때는, 아무래도 외국 책의 내용을 파악할 필요가 있었으므로 간신히 그런 책들을 읽어 낼 수 있게 되었다. 즉 나는 외국어를 배우려고 한 것이 아니라 그 외국어로 쓰인 책의 내용을 어떻게든 파악하려고 했던 것이다.

그런데 학교에서 사용되는 외국어 교과서를 보면 그 내용이 일본어로 쓰인 다른 과목의 교과서보다 유치하고 재미없는 것이 많은 듯하다. 언어 장벽이 없어 빨리 읽을 수 있는 일본어 교과서에는 재미난 내용이 있고, 긴 시간을 들이지 않으면 읽지 못하는 외국어 교과서에는 재미없는 내용밖에 없는데도 대부분의 학생들은 외국어 교과서를 읽는 데 관심이 많다. 그 이유는 물론 시험이 있기 때문이다. 그러나 외국어 교과서의 내용이 일본어로 된 다른 과목의 교과서보다 학생들의 흥미를 더 끄는 내용을 담고 있다면 시험이 없더라도 외국어 수업이 가능할지 모른다. 여기서 재미난 내용이라는 것이 꼭 성적 호기심을 자극하는 것을 말하는 것은 아니다. 지적인 내용이 재미있다는 경우도 충분히 있을 수 있다. 가령 교과서에서 비교적 쉬운 연애 소설의 한 대목을 싣고 과격한 사회사상이 담긴 선언문을 제외하는 것은 너무 불합리한 방식이 아닐까. 어느 시대 어느 사회에서나 젊은 학생들에게 연애나 과격한 사회사상이 강렬한 흥미의 대상이 아니었던 적은 없다. 교과서를 잠시 젖혀 두고라도 꼭 읽고 싶은 내용이 없다면 일단 외국어 책은 읽을 수 없을 것이라고 생각하는 것이 좋다. 그러나 꼭 읽고 싶은 내용이 있다면, 그것이 포르노물이든 핵무기를 반대하는 정치 논문이든 고등학교를 졸업할 정도의 지식으로 읽지 못할 책은 없다.

## 쉬우면 쉬울수록 좋다

말할 것도 없는 일이지만, 두 번째 원칙은 쉬우면 쉬울수록 좋다는 것이다. 언어 실력에 한계가 있기 때문에 문장이 어려운 책을 읽으려고 하면 수고와 시간이 너무 많이 든다. 쉬운 책을 고르는 것이야말로 중요한 조건이다. 그러나 문장이 쉽다는 것과 내용이 유치하다는 것은 전혀 무관하다고는 할 수 없어도, 어느 수준 이상의 내용에서는 거의 무관하다고 할 수 있다. 그 수준 이하의 내용이라면 어떤 외국어 지식도 쓰일 일이 없을 것이다. 아이들이 읽는 동화는 물론 쉽다. 그러나 그것은 해독할 수 있든 없든 평범한 지능을 가진 성인의 생활과는 아무 관계도 없는 내용일 것이다. 그러나 어른을 위해 쓰인 책인 경우, 한 청년에게 재미난 책과 재미없는 책, 읽고 싶은 책과 그렇지 않은 책은, 그것이 어학적으로 어려우냐 쉬우냐 하는 점하고는 무관한 것이다. 읽고 싶은 책들 중에서 문장이 쉬운 책을 선택하는 것은 어느 영역에서나 대개 가능한 일이다. 아니, 오히려 많은 독자들이 읽고 싶어 하는 책은 대부분 교과서나 대학 입시 문제집에 나오는 문장보다는 훨씬 쉬운 문장으로 구성되어 있을 것이다.

## 교과서만으로는 외국어에 강해질 수 없다

외국어로 읽어야 할 글은 그 사람의 전문 분야에 따라 업무용 편지

일 수도 있고, 상품 목록일 수도 있고, 시장 조사 보고서일 수도 있을 것이다. 또 잡지에 나오는 특정 논문이나 전문서일 수도 있고, 학자나 기술자라면 초록 잡지나 대형 사전, 전문 지식이 담긴 백과사전 같은 책일 수도 있다. 그런 책이나 인쇄물의 대부분은 특히 영어권에서는 비교적 단순하고 알기 쉬운 문장으로 되어 있다. 또 구사되는 어휘도 각 분야의 전문 용어를 익히면 그리 많은 것은 아니다. 일본의 의사들은 대개 외국어 의학 서적을 읽을 수 있다. 그것은 의사가 특히 외국어에 강한 집단이어서가 아니라 외국 잡지나 논문을 필요로 하기 때문이다. 그런 사정을 알아보려면 원서를 수입하는 마루젠 같은 대형 서점에 가서 거기 서가에 꽂혀 있는 책을 훑어보기만 해도 충분할 것이다. 대부분은 전문 기술이나 정보에 관한 책이며, 문학서는 낮은 비율에 불과하다. 서점 서가에 꽂혀 있는 책들이 모두 읽히는 것은 아니지만 일본 사회가 현실적으로 필요로 하는 이른바 '양서'라는 것이 어떤 종류의 것인지를 대략 짐작할 수 있다. 우선 문학서는 아니다. 그러나 어학적으로는 문학서가 대부분의 전문서보다 훨씬 어렵다. '외국어 교육'은 곧 '그 나라의 문학을 교재로 하는 교육'이라는 발상은 어학 교사 대부분이 대학 문학부 출신이라는 데서 기인한 것일 뿐 사회 실정에 부합하는 발상은 아니다. 학교의 외국어 교육은 비교적 불필요하고 어려운 문학에서 시작된다. 그래서 더욱 외국 책을 읽을 수 없다고 믿는 사람이라면 한번 반대로 시도해 보는 것이 현명할 것이다. 자신에게 불필요하고 난해한 19세기 영국 소설이 아니라 당장 필요하고 쉬운 책, 가령 건축구조역학에 관한 신간을 읽어 보는 것이다. 첫 책에는 시간이 많이 걸릴지 모른다. 그러나 수업 시간에 19세기 영국 소설을 펼쳤을 때처럼 눈앞이 캄캄하지는 않을 것이다. 두 번째 책은 첫 번째 책보다 쉬워진다. 세 번째 책은 마침내 거의 언어의 벽을 느끼지 않고 편하게 읽을 수 있을 것이다.

## 신문잡지와 소설 중에 어느 쪽이 더 어려울까

하지만 일반 독자라면 어떨까? 특수한 전문가가 자기 분야의 전문 서적을 읽는 것이 아니라 자기 전공에서 조금 벗어나 일본어뿐 아니라 외국어를 통해서 일반적인 지식을 얻고자 할 때는 어떤 책이 대상이 될 수 있을까? 아마 외국어를 통해서 꼭 알고 싶은 것이라면 일본어를 통해서는 충분히 알기 힘든 것일 수밖에 없을 것이다. 가령 번역이 미처 제때에 이루어지기 힘든 저널리즘 기사나 논문, 또는 번역이 곤란한 책, 또는 번역의 기회를 얻지 못한 중요한 책 등이다.

언론 기사는 신속성이 중요하다. 예를 들어 미국이 먼 타국에 군대를 파견한다고 하자. 먼저 미국 정부가 발표한 파병 이유가 일본의 신문에 즉시 보도될 것이다. 그리고 일본 정부는 아마도 그에 대해서 "그것이 사실이며 적절한 조치이다."라고 말할 것이다. 이것은 일본어 잡지나 신문으로 알 수 있다. 그러나 미군 파병에 대해서 아시아 나라들이나 서구, 아프리카 나라들이 어떻게 반응하고 어떤 의견을 내놓았는가 하는 것은 일본의 언론을 통해서는 제대로 파악하기 어렵다. 물론 영국의 언론을 통하면 분명하게 알 수 있다고 장담할 수는 없다. 그러나 일본 바깥에서 일어나는 사건에 대해서는 특정한 영어 신문이나 잡지가 상세한 정보를 제공하고 있을 수도 있다. 우리가 세상사를 널리 파악하고자 한다면 외국 신문이나 잡지를 읽을 필요가 있다. 그리고 그런 것을 읽는 것은 어학적으로 그리 어렵지 않다. 여하튼 어지간한 문학 작품보다는 훨씬 쉽다.

## 시보다 산문, 산문 중에서 소설

그러나 시급을 다투는 일이라 번역이 때를 맞추기 어려운 언론 정보나 기사, 사설이나 논문 외에도 일본어로는 거의 읽을 수 없는 것이 많다. 그 가운데 하나가, 누구에게도 필요하지 않은지는 모르겠지만, 앞에서도 언급한 철학서일 것이다. 영어를 조금 할 줄 안다면 우리 일본인들조차 버트런드 러셀(영국의 철학자, 1872~1970)을 영어로 읽는 것이 니시다 기타로를 영어로 읽는 것보다 훨씬 쉽지 않을까 생각된다. 하이데거(독일의 철학자, 1889~1976)의 난해한 철학서처럼 거의 번역이 불가능한 책도 있다. 사실 이는 꽤 특수한 경우이며, 그런 서양 철학서를 꼭 읽고 싶은 사람은 어차피 소수의 예외적인 사람일 것이다. 그러나 저자가 시인이라면 흥미를 느낄 사람이 좀 더 많을 게 틀림없다. 실제로 도쿄에는 '보들레르' '랭보' '릴케' 등의 간판을 건 찻집도 있다. 같은 외국 시인 중에서도 도쿄의 찻집 간판에 자기 이름을 올린 시인은 번역이 특히 어려운 사람들인 것 같다.

"서양인이 바쇼를 이해할 수 있을까?"라고 많은 일본인이 나에게 말한다. 바쇼(에도 시대의 하이쿠 작가, 1644~94)는 번역으로는 이해하기 어렵다. 그렇다면 보들레르(프랑스의 시인, 1821~67), 랭보(프랑스의 시인, 1854~91), 릴케(독일의 시인, 1875~1926)도 번역으로는 이해하기 어렵지 않을까? 제1차 세계대전 후의 신감각파 이래 서양 시를 번역으로 읽은 것이 일본의 현대시가 대혼란에 빠진 원인 가운데 하나가 아닐까 하고 의심하는 사람도 있다. T. S. 엘리엇의 『황무지』 번역은 일본의 문단을 자극한 것이 틀림없다. 그러나 그 이상으로 시라는 것에 대한 오해의 씨앗을 뿌렸을 것으로 짐작된다. 『황무지』 번역 대신 바쇼의 『사루미노』猿蓑가 더 많이 읽혔다면, 의미만 동일하다면 시인이 어떤 어휘를 구사해도 된다고 생각하는 사람들이 늘어나지는 않았을 것이다. 그러나 외국 시를 번역할 경우, 번역이 가능한 것은 그 의미뿐이다. 번역 자체가 원작을 떠나 독자적인 시적 언어 구조를 갖고 있는 예외적 경우를 제외한다면, 일반적으로 외국 문학은 시보다 산문, 산문 중에서도 소설이 번역으로 즐기는 데 적합할 것이다. 알베르 카뮈 씨는 갈리마르 서점의 그의 방에서 이렇게 말한 적이 있다. "나는 소설을 써나갈 생각이다. 만약 소설을 쓰지 않았다면 내가 일본에서 이토록 많이 읽히는 일도 없었을 것이다. 소설은 문학의 모든 형식 중에서 유일하게 국제적 형식을 갖고 있다." 나는 지금도 그가 옳았다고 생각한다. 요컨대 소설 이외의 외국 문학에 흥미가 있다면 외국어로 읽지 않을 수 없다는 것이다.

## 외국어를 배우는 데 가장 좋은 책

또 내가 아는 한 외국어를 통해서 다른 외국의 작품을 읽는 것이 필요한 경우도 있다. 일본어 번역본이 있어도 외국의 현대어 번역본이 더 편한 경우, 또는 일본어 번역본이 전혀 없는 경우에 말이다. 전자의 예로는, 가령 고대 그리스와 로마의 고전 문학은 일본어 번역보다 유럽 현대어 번역으로 읽는 것이 더 적합하다. 원어에 좀 더 가까운 언어로 번역된 글이 원작의 분위기를 상상하는 데는 더 나을 것이다. 거기에는 또 좀 더 단순한 이유, 가령 많은 번역본을 더 저렴하고 쉽게 구할 수 있다는 장점도 있다. 두 번째의 사례로는 조금 더 절대적인 이유인데, 만약 우리가 아라비아, 페르시아, 인도 등 중국을 제외한 아시아, 중근동, 아프리카의 문학을 읽고 싶을 경우, 그쪽으로는 일본어 번역본이 거의 없고 아무래도 그쪽 언어를 자유자재로 읽지도 못하는 만큼(물론 이는 전문가가 아니면 불가능하겠지만) 현대 유럽어로 번역된 책에 의지하는 수밖에 없다.

이렇게 전문가는 전문가의 필요 때문에 일반 독자는 일반 독자의 필요 때문에 외국어 문헌이나 책을 꼭 읽고 싶어 하는 경우가 있다. 필요가 없는 사람은 외국 책을 읽지 않는 것이 좋다. 일본 같은 높은 문명국에는 예나 지금이나 일본어로 출간된 책이 헤아리기 어려울 만큼 많다. 그럼에도 외국 책이 꼭 필요하다는 사람은 가장 필요한 책에서부터 시작하는 것이 좋다. 외국어를 배우는 데 가장 훌륭한 교과서는 그 사람이 가장 필요로 하는 책일 수밖에 없다.

## 영어를 단기간에 숙달하는 법

어학적으로 쉬우면 쉬울수록 좋다는 원칙은 가령 프랑스어나 독일어보다 영어에서 매우 중요하다. 프랑스어나 독일어의 경우, 주요 일간지를 막힘없이 읽을 수 있는 사람조차 읽기 힘들어 할 만큼 어려운 책이라면 어학적으로는 의미가 거의 없다고 해도 좋다. 그런데 영어라면 주요 일간지를 자유롭게 읽을 수 있는 사람이라도 감당하기 힘들 만큼 어려운 책이 있다. 아니, 오히려 영어에서는 신문, 잡지, 전문 서적에 쓰이는 단어가 독일어나 프랑스어의 경우보다 더 간단하고 알기 쉽다고 해야 옳을 것이다. 이러한 비교는 인상이 그렇다는 것이고 학문적으로 확인된 것은 아니지만, 적어도 나에게는 상당히 커다란 차이로 느껴졌다. 그래서 영어(이 언어가 모든 외국어 가운데 일본에 가장 널리 알려져 있는 만큼)를 예로 들자면 어학적으로 가장 쉬운 것은 대체로 학문, 기술에 관한 전문서일 거라고 본다. 자연과학, 경제학, 사회학 분야에 대해서도 같은 말을 할 수 있을 것이다. 물론 예외는 있다. 그러나 그런 책의 경우, 전체적인 경향으로서 전문 용어 이외의 어휘는 그 수가 제한되어 있고 문장 구조도 단순한 경우가 많다. 그 다음으로 쉬운 것이 신문 논설이나 정보 기사일 것이다. 문장 구조는 단순하지만 구사되는 어휘의 범위는 물론 전문서보다는 넓다. 그러나 희귀한 단어를 사용하는 일은 없다. 우선 일상 회화 범위의 어휘로 신문이 제작되고 있다고 보아도 좋다. 다시 말하면 신문에 쓰이는 어휘를 익히면 일단 일상 회화에는 불편하지 않다는 이야기가 되겠다. 그 다음이 문학인데, 문학 중에서도 시가 가장 어렵지 않을까 싶다. 문학에는 개성적인 문체가 쓰인다. 은유와 비유가 많고 같은 것을 표현할 때도 좀처럼 쓰이지 않는 단어를 쓰기도 한다. 이것은 산문의 경우이고, 운문일 경우 그 단어에 어지간히 익숙하지 않으면 대략적인 의미조차 파악하기 어려운 경우가 적지 않은 듯하다.

어쨌든 영어에서는 문학을 읽는 데 필요한 지식과 문학 이외의 책을 읽는 데 필요한 지식 사이에 넓은 간극이 있는 것 같다. 만약 외국어 학습에 긴 시간을 할애하기가 어렵다면, 특히 독자가 영어권에서 생활하는 것이 아니라 일본어 환경에서 살고 있다면, 목표를 대뜸 영문학에 두기보다는 가능하면 자신에게 필요한 책에, 더

욱 필수적인 조건으로는 훨씬 쉬운 영어 책에 목표를 두는 것이 훨씬 합리적이고 시간 낭비 없이 목적을 달성하는 길일 것이다.

## 외국 소설을 재미있게 읽는 방법

필요는 발명의 어머니라는 원칙, 그리고 외국 책은 쉬울수록 좋다는 원칙은 서로 모순은커녕 거의 늘 일치한다. 가령 핵무기 금지가 일본 국민의 소원이라면 핵무기를 반대하는 버트런드 러셀의 주장은 빅토리아 시대의 가정 비극을 세세하게 그린 소설보다 일본 국민 대부분에게는 더 필요한 내용일 것이다. 그리고 러셀 경의 정치 논문은 빅토리아 시대의 소설보다 어학적으로 훨씬 쉽다. 또 가령 수에즈 전쟁 당시 영국의 여론을 양분한 『타임스』(런던)와 『가디언』(맨체스터)의 사설은 성과 살인 사건을 다룬 싸구려 관능 소설보다 어학적으로는 결코 어려운 것이 아니다.

그렇다면 오락, 교양, 인격 수양, 취미 함양을 위한 독서는 어떨까? 나라면 첫째, 그런 목적을 위한 독서라면 일본 저자와 일본 책으로 만족하겠다. 그것으로 부족한 부분은 외국 소설로 보완하되 위대한 소설은 대개 좋은 번역본이 있으므로 그것을 이용하겠다. 셰익스피어(1564~1616)의 희곡은 번역본으로 읽어도 재미있다. 이와 마찬가지로 19세기부터 오늘날까지 서양의 유명한 소설가, 이를테면 러시아의 톨스토이(1828~1910)와 도스토예프스키,

프랑스의 발자크(1799~1850), 스탕달, 프루스트, 독일의 토마스 만(1875~1955), 미국의 윌리엄 포크너(1897~1962) 등도 번역본으로 재미있게 읽을 수 있다.

앞에서도 말했듯이 문학 전문가가 아니라면 그런 작품들을 원어로 즐길 수 있을 만큼 외국어에 능숙하지 못한 것이 보통이다. 물론 외국에서 사는 사람이라면 사정이 다르다. 그러나 그런 사람은 많지 않다. 그렇다면 외국의 이류 소설가의 작품을 읽는 즐거움을 버리더라도 전혀 지장은 없을 것이다. 이류 소설가의 작품은 일류 소설가의 경우보다 번역이 어려운 것이 보통이다. 가령 나는 영어로 에드워드 포스터(영국의 소설가, 1879~1970)를 즐겨 읽는데, 그것을 일본어 번역본으로 읽어도 여전히 좋을지 어떨지는 확신하지 못하겠다. 이는 단순히 어학의 문제가 아니라 사고방식에 역사적, 사회적 배경이 있고 모든 것이 풍속과 습관에 밀접히 얽혀 있기 때문이다. 프랑스인이든 러시아인이든 또는 일본인이든, 영국의 지식인 사회를 모르는 사람이 포스터를 즐겨야 할 이유는 전혀 없을 것이다. 나는 아사부키 도미코 씨의 프랑수아즈 사강(프랑스의 소설가, 극작가, 1935~2004)의 번역 소설을 즐겁게 읽었다. 그러나 그것은 특별한 경우이며, 감수성에서 역자와 저자 사이에 어떤 미묘한 끈이 있었기 때문일 것이다. 그런 특수한 경우라면 일본의 민감한 독자가 번역본을 통해서 평가하지 못할 소설은 없을 것이다.

## 일본어와 외국어의 차이

요컨대 원칙은 쉬운 책이 필요하다는 것이다. 필요하고 쉬운 책을 읽고 이용하는 데 힘쓰고, 오락을 위한 독서, 특히 문학은 일본 문학으로 만족한다. 외국 문학으로 보완하고자 할 때는 주로 유명 소설가의 일본어 번역본으로 해결한다. 이것이 대부분의 사람들에게 외국 책에 대한 가장 합리적 태도가 아닐까 생각한다. 그렇다면 매우 어려운 외국어 문장을 꼼꼼하게 읽는 것은 아무 의미도 없는 것일까? 내 생각으로는 만약 그런 독서를 즐기는 사람이 있고, 그럴 만한 시간을 충분히 낼 수 있다면 그것도 반드시 한가로운 도락만은 아닐 거라고 본다.

그런 독서에서는 시장 조사 보고서나 기계 공학 기술서를 읽고 업무에 활용하는 경우와는 달리, 독자는 말하자면 외국어의 언어 구조 자체와 대면하게 된다. 일본어와 외국어는 그 구조가 달라서, 만약 그 외국어가 유럽어라면 그 차이는 유럽 문화 속에 오랫동안 이어져 내려온 사고방식과 일본 문화 속에서 오랫동안 이어져 내려온 사고방식의 차이를 그대로 반영한다. 가령 서양어는 먼저 중심 문장을 제시하고, 그 중심 문장 속의 부분을 관계대명사를 사용하여 뒤에 설명하는데, 뒤로 갈수록 면밀하고 분석적으로 설명하는 형태를 취한다. '나는 외출했다'라는 말이 먼저 나오고, 그 다음에 그것이 '어제'이며, 목적지가 '영화관'이었다는 사실이 설명되며, 나아가 그 영화관이 어디인지, 거기에서 어떤 영화가 상영되고 있었는지 하는 상세한 내용이 이어진다. 같은 내용을 일본어 문장으로 말할 경우에는 그 순서가 거꾸로 된다. 먼저 영화 제목으로 시작하고 지명이 뒤따르고 그것이 영화관 이름으로 연결되는데, 그 영화관 이름까지 읽어도 그 영화관에 어제 내가 갔다는 말인지 안 갔다는 말인지 알 수 없으며, 문장을 끝까지 읽어야 비로소 전체 의미가 파악된다. '나는 갔다, 영화관에'라는 형태의 문장이라면, 그 문장을 어디선가 잘라도 각각의 잘린 부분은 일정한 의미를 띤다. 그런데 '나는 영화관에 갔다'라는 형태의 문장이라면 '영화관에'라는 부분을 잘라 낼 때 마땅한 의미를 가지지 못한다. 왜냐하면 화자와 영화관의 관계를 전혀 알 수 없으므로 어떤 영화관이든 의미가 있을 수 없기 때문이다. 한쪽은 전체적인 구조라는 틀에서 출발하여 부분에 이르고, 다른 한쪽은 부분에서 출발하여 전체적인 틀에 이르려고 한다. 문장이 완결되었을 때는 동일한 뜻이 되지만 그 중간 과정은 순서가 전혀 다르다고 할 수 있다.

## 외국어를 읽으면 사고방식이 달라진다

그런데 사물을 생각한다는 것은 그 자체가 과정이지 공간 속에 완결된 존재가 아니다. 그러므로 책을 읽는 것과 그림을 보는 것은 다르다. 그림을 몇 시간 보고 있다면 각 순간에 나는 그림 전체와 상대한다. 책은 몇 번 거듭 읽어도 그 매 순간마다 전체 평가의 어느 부분에 접하고 있으며 결코 전체를 동시에 접하는 일은 없다. 그런 사고의 진행 과정은 하나의 문장 속에도 있고, 한 문장에서 다른 문장으로 옮겨 가는 움직임 속에도 있다. 또 첫 문장에서 마지막 문장으로 가는 과정 속에도 있다. 그 과정이 다르다는 것은 결국 사고방식이 다르다는 것이기도 하다. 우리는 언어 없이는 복잡한 사고를 좇을 수 없다. 수학적 사고가 수학 기호 없이는 성립할 수 없듯이 인간의 사고는 일본어나 영어라는 언어의 기호 체계를 사용하지 않고는 이루어질 수 없다. 기호 체계가 다르면 사고도 다르다. 일본어와 다른 서양어 문장 구조를 접하는 것은 그 서양어 구조에 나타나는 서양식 사고 과정과 접하는 것이다. 그런 경험에서 무언가를 얻어 낼 수만 있다면 그 사람은 아마 크나큰 성과를 끌어 낼 수 있을 것이다. 간단히 말하면 '부분에서 전체로'라는 과정뿐 아니라, '전체에서 부분으로'라는 사고방식도 가능해질지 모른다. 사고력, 사물을 생각하는 힘이 강해지는 것이다. 말하자면 1차원의 선 운동을 2차원의 평면 운동으로 확장하는 것과 같은 것이며, 이것은 그 사람의 세계를 거의 바꾸는 것이라고 해도 과언이 아니다. 이는 단순히 편하고 불편하고의 문제가 아니고, 또 그렇게 쉽게 가능한 것도 아니겠지만, 앞으로 일본이라는 나라가 쇄국 분위기에서 점차 벗어나 세계 속에서 자신을 주장해 나가려면 사실은 그런 사고력이야말로 전문 기술의 흡수 이상으로 필요한 것인지도 모른다.

## 별 도움이 안 되는 '동양 대 서양'이라는 발상

관광 통역 정도의 간단한 수준이 아니라 좀 더 복잡한 통역을 해본 사람이라면 누구나 일본인의 말에는 번역이 쉬운 말과 쉽지 않은 말이 있다고 말하는데, 그 차이는 아마 말의 형식, 사고의 방향성과 관련이 있을 것이다. 늘 부분에서 출발하는가, 때에 따라서는 전체에서 부분을 바라볼 때도 있는가. 이는 단순히 언어의 문제가 아니라 그 배경에 있는 사고방식 자체의 문제이다. 여기서 '동양과 서양'이라는 거창한 이야기를 꺼내거나, 또다시 '일본 대 서양'이라는 국민감정의 문제로 이 문제를 바꿔치기하는 것은 아무런 보탬도 되지 않을 것이다. 문제는 그런 것이 아니라 만약 동서양의 사고방식에 차이가 있다면 어느 사고방식이 제삼자를 비롯한 '세계'에 잘 통할까, 즉 보편적이고 합리적인 구조를 가지고 있는가 하는 것이겠다. 사고방식이라는 것은 동양적이라서 좋고 서양적이라서 나쁘다, 혹은 반대로 서양적이라서 좋고 동양적이라서 나쁘다고 말할 수 있는 것이 결코 아니다. 사고방식의 좋고 나쁨은 그 생각이 얼마나 사람들에게, 또는 최소한 당대에 보편적인 것인가 하는 것에 의해서만 판정되는 것이다.

메이지 초기에 전통 한방의학과 이른바 서양의학의 우열을 놓고 일대 논쟁이 벌어졌을 때, 모리 오가이는 "의학에는 동서양이 따로 없다. 다만 하나의 의학이 있을 뿐이다."라고 말했다. 그 뒤 일본 의학은 그런 생각을 전제로 발전해 왔고, 그런 생각을 전제로 발전했기 때문에 오늘날의 수준에 이르렀다. 다시 언어 문제로 돌아가서 말하자면, 외국어 자체를 위해 외국어 공부를 하는 것도, 언어 구조가 사고방식을 제약하고 사고방식이 언어 구조를 제약하는 이상, 큰 의미가 있다고 해야 할 것이다. 다만 목적이 그렇다 하더라도 어려운 책을 택할 필요는 없다. 읽는 책의 문장은 쉬울수록 좋고 단순할수록 좋다. 필요한 것은 다만 명석한 문장뿐이다.

Chapter 7

# 신문잡지를 읽는 '간파술'

## 잡지의 성격에 따라 이용하는 방법도 다르다

세상에는 잡지만 보고 사는 사람이 있다. 가령 연구실의 자연과학자들이 그렇다. 그들이 책을 읽지 않는 것은 아니다. 하지만 독서의 대부분은 아무래도 잡지를 중심으로 이루어진다. 자연과학은 진보가 빨라서 10년 전 책은 별 도움이 되지 않으며, 각자의 연구 영역에서 전문 잡지에 발표되는 논문을 규칙적으로 읽어 나가야 한다. 또 과거 논문이라도 지나치게 전문적인 논문들은 도저히 교과서에 실을 수 없으므로 과거에 이루어진 업적을 알고자 한다면 헌 잡지를 찾아서 읽는 것 말고는 방법이 없다. 자연과학 연구실에 딸린 도서관에서 전문 잡지 과월호가 가장 중요한 부분을 차지하는 것도 그런 연유이다. 특정 연구 대상에 대해서 연구자는 그때까지 이루어진 연구 성과를 조사할 필요가 있는데, 그것은 잡지 과월호를 이용함으로써 이루어진다. 물론 자연과학 영역에도 고전적 작업이 없다고는 할 수 없다. 가령 갈릴레오(1564~1642)나 뉴턴(1642~1727)이 발표한 연구가 원전으로 남아 있을 것이다. 그러나 그런 종류의 자연과학 고전을 두루 읽는 사람은 '과학사' 전문가이지 일반 연구자는 아니다. 과학자는 자기 연구 작업을 잡지에 발표하고 남들의 연구 성과를 잡지로 파악한다. 이것이 연구자의 중심적인 독서이며, 그 밖의 독서는 예외적 혹은 보조적 독서라고 해야 할 것이다.

사회과학자라면 양상이 다르다. 그 분야라면 전문적인 잡지가 있고 학자는 책을 쓸 뿐 아니라 연구 논문의 대부분을 잡지에 발표하며, 다른 학자들의 연구 논문을 잡지를 통해서 파악한다. 그 점에서는 자연과학자와 다르지 않다. 그러나 사회과학적 연구 작업 중에는 고전을 필요로 하는 것이 많다. 경제학자라면 지금도 마르크스나 케인스를 읽고 사회과학자라면 뒤르켐(프랑스의 사회학자, 1858~1917)이나 막스 베버를 읽을 것이다. 그러나 대부분의 연구는 플라톤이나 아리스토텔레스를 필요로 하지는 않는다. 대체적으로 요즘 사회과학자는 한편으로는 약간의 고전을 필요한 만큼 참조하면서 다른 한편으로는 늘 전문 잡지를 읽고 있다고 할 수 있다.

철학자나 문학자라면 그 독서의 범위가 아무래도 잡지보다 고전으로 치우치게 마련이다. 그 이유는 말할 것도 없이 철학이나 문학 영역에서는 지금도 고전이 살아 있기 때문이다. 철학이나 문학에도 역사적 발전은 있다. 그러나 자연과학과 같은 의미에서의 진보는 없다.

## 자연과학 잡지에는 특별한 독해법이 있다

자연과학에서는 일단 어떤 사실이 확립되면 그때부터 그 지식은 만인의 소유가 된다. 어떻게 그 사실이 증명되었는가에 대해서 나중에 등장한 연구자가 되짚어 볼 필요는 없다. 확립된 사실을 그대로 받아들이고 그 이후의 사실을 탐구하는 데 힘을 쏟으면 된다. 가령 코흐(독일의 세균학자, 1843~1910)는 결핵이라는 질병의 원인이 인체에 침입한 결핵균이라는 사실을 확인했다. 그 사실은 그 뒤에도 많은 사람들이 검증하여 확실한 사실로 인정되었다. 현재 결핵을 연구하는 사람은 병의 원인이 결핵균이라는 것을 전제하고 그 밖의 문제들을 조사하며, 그 과정에서 전제와 명백히 모순되는 사실을 발견하지 않는 한 그 전제를 다시 검증할 필요는 없다. 그런 작업을 하는 것보다는 전제를 그대로 인정하며, 가령 결핵균에 의한 면역이 어떤 형태로 성립하는지, 인체의 안팎에서 결핵균의 증식을 억제하려면 어떤 수단을 강구해야 하는지, 그 밖에 코흐의 시대에는 알려지지 않았던 무수한 사항들을 연구하고 있다. 이들은 결핵의 원인을 확인한 코흐의 논문을 읽어 볼 필요가 없다. '일단 확립되면 만인의 소유'라는 것은 그런 뜻이다.

### '나'와 인문학의 관계

그런데 철학이나 문학은 자연과학 분야와는 달라서, 고전이 만인의 소유가 되는 일은 없다. 한 사람의 철학적, 문학적 작업은 그의 개성이나 개인적 경험과 관련되어 있기 때문이다. 셰익스피어의 희곡이 발표된 이래 그것이 만인의 소유가 된다거나, 그 다음 세대의 극작가는 셰익스피어가 이룩한 성과의 이후 작업을 진행하면 되는 것이 아니다. 셰익스피어가 이룩한 성과는 결코 완전하게 다른 사람의 것이 되지 않는다. 작품 속의 개성적 부분, 작자의 개인적 경험과 밀접히 관련된 부분은 다른 개성과 다른 경험을 가진 사람에게 완전하게는 전달되지 않기 때문이다. 철학에 대해서도 똑같은 말을 할 수 있다. 데카르트는 '인간은 생각한다, 고로 존재한다.'라고 말하지 않고, '나는 생각한다, 고로 존재한다.'라고 했다. 자연과학적 지식은 이 '나'하고는 무관하며 자연하고만 관계되어 있다. 자연은 역사, 시대 변화, 문화 차이 따위와 전혀 무관한 법칙에 따라 움직인다. 그러나 철학자의 지식은 이 '나'와 관계되어 있다. '나'는 역사 속에 있고 시대에 따라 다르며, 두 개의 다른 문화 속에서는 필연적으로 두 개의 다른 '나'일 수밖에 없다. 문학적, 철학적 고전은 몇 번을 읽어도 완벽하게 읽을 수 없다고 말하는 까닭은, 그런 고전 속에는 한 시대, 한 문화, 한 개성의 고유한 요소가 있어서, 고전을 읽는다는 것은 말하자면 그 시대, 문화, 개성과의 대결을 의미하기 때문이다. 물론 문학이나 철학에도 역사적 발전이라는 것은 있다. 그러나 그 발전은 이전 시대의 작업이 다음 시대의 작업에 완전히 흡수된다는 차원의 발전은 아니며, 일면에서는 다음 시대의 작업에 기반으로 작용하되 다른 일면에서는 그것 자체가 다음 시대에도 고스란히 존재해 나간다는 것이다. 그런 의미에서의 발전은 자연과학의 진보와 전혀 다르다. (과학 분야의 작업은 그 내용이 과학적일수록 그 지식은 다음 시대의 지식 속에 완전하게 포괄되어 버린다.)

## 문학은 진보하는가

가령 가부키(일본의 전통 연극—옮긴이) 작가라면 지카마쓰 몬자에몬에서 나미키 고헤이(1747~1808)나 쓰루야 난보쿠(1755~1829)를 거쳐 가와타케 모쿠아미(1816~93)에 이르렀다. 그렇다고 모쿠아미의 작품에 그 이전의 가부키가 전부 포괄되어 있다고 말할 수는 없다. 지카마쓰가 없었으면 모쿠아미는 없었을 것이다. 그러나 지카마쓰는 모쿠아미 속에 전혀 포괄되어 있지 않고 모쿠아미에게 볼 수 없는 요소도 가지고 있다. 가령 우리는 지금도 지카마쓰를 관람하고 모쿠아미를 관람하고, 그 이후에 등장한 가부키 작가의 신작도 아울러 관람할 수 있다. 그런 분야에서 작업하고 있는 사람이라면 당연히 신작만 좇고 있을 수는 없고, 신작 속에 포괄되어 있지 않은 지카마쓰도 끊임없이 읽어야 한다. 문학이나 철학을 놓고 진보를 말하는 것이 위험한 까닭은 이 때문이다. 모든 문학 작품, 모든 철학 사상에는 역사적인 발전의 한 국면이라는 측면과 동시에 그 자체로 완결되어 하나의 세계를 형성하고 있는 측면이 있다. 다른 말로 표현하자면 두 개의 문학 작품은 시간적으로 전후 관계에 있는 동시에 같은 공간에 나란히 존재한다고 해도 좋을 것이다. 그러므로 철학자는 지금도 플라톤을 읽을 필요가 있고 주자학으로 돌아갈 필요가 있으며, 문학자는 바쇼나 지카마쓰나 사이카쿠를 읽을 필요가 있는 것이다.

## "문예 잡지는 읽을 필요가 없다"

그러나 한 사람의 독서 시간은 한정되어 있어서 고전을 읽는 시간이 많을수록 신간에 할애할 시간은 적어지고, 고전의 필요성을 예민하게 느낄수록 신문과 잡지에서는 멀어지지 않을 수 없다. 나가이 가후가 그것을 극단적으로 말했다. "문학자가 되고자 한다면 요즘의 문예 잡지는 일체 읽지 말아야 한다." 나는 그렇게 생각하지 않지만 가후가 마냥 엉터리를 말한 것은 아니다. 많은 제자들에 따르면 바쇼는 "쇼후(바쇼와 그 문하생의 작풍—옮긴이)의 하이쿠는 불역不易(변치 않음—옮긴이)과 유행을 겸해야 한다."라고 말했다고 한다. 그의 제자 교라이(1651~1704)는 그 말을 "쇼후의 하이쿠는 불역의 시와 유행의 시가 있다."라고 해석하여 둘로 나누었다. 그러나 아마 이는 잘못일 테고, 바쇼가 하고자 했던 말은 쇼후의 하이쿠는 본래 불역의 면과 유행의 면을 겸비해야 한다는 것이었을 것이다. 고전이란 현대 문학과 따로 존재하는 것이 아니고, 만약 살아 있는 고전이라는 것이 있다면 그것은 늘 현대 문학 속에 있으며, 또 현대 문학은 만약 그것이 뛰어난 작품이라면 언젠가 고전이 되는 것이다. 이는 자연과학에는 없는 양상이다. 자연과학에는 말하자면 유행만 있다. 더 정확하게 말하자면 불역한 것은 일단 확립되면 유행 속에 흡수되어 버린다.

## 신문 읽기는 중요한 독서이다

어쩌면 나는 잡지를 너무 특수한 관점에서 이야기하지 않았나 싶다. 앞에서 말한 잡지는 전문 잡지를 말한다. 자연과학자가 잡지를 읽고 사회과학자가 잡지와 고전을 읽고 철학자와 문학자가 주로 고전을 읽는다, 라고 했을 때의 잡지란 말할 것도 없이 전문 잡지를 말하는 것이다. 일반 독자들은 어떨까. 아니, 전문 과학자나 문학자도 일반 잡지나 신문을 읽을 때는 당연히 일반 독자가 된다. 특히 신문은 누구나 읽는 것이며, 오늘날 사회에서 활자를 읽는 행위의 상당히 큰 부분이 신문과 잡지를 읽는 데 사용되고 있는 듯하다. 프랑스의 시인이며 극작가인 폴 클로델(1868~1955)은 "당신의 애독서는 무엇입니까?"라는 질문에 주저 없이, "성서와 일간지"라고 대답했다고 한다. 이는 이 유명한 가톨릭 시인의 만년의 일화인데, 이 대답에는 그의 자신만만함이 잘 드러나 있다. 바쇼의 말을 빌리면 성서는 불역, 일간지는 유행을 대표한다고 하겠다. 가톨릭 풍으로 말한다면 성서는 '진리'를, 일간지는 '사실'을 대표한다고 할 수 있을지 모른다. 또는 가톨릭 신자 클로델은 성서를 가장 필요로 했고 외교관 클로델은 그날그날 일간지를 통해 얻는 정보를 무엇보다 필요로 했다고 해석할 수도 있겠다. 어쨌거나 신문이 우리 독서 생활의 가장 중요한 부분을 차지하는 것 가운데 하나인 것은 틀림없다.

## 신문에는 기억이 없다

신문의 성격에는 세 가지 중요한 특징이 있다. 첫째, 신문은 사실을 선택한다는 것이다. 신문사는 그날 일어난 수많은 사건을 모으며, 그 전부를 지면에 인쇄할 수 없으므로 인쇄가 가능한 양의 몇 배나 되는 사실들 중에서 몇 가지 사실만 골라 신문에 싣는다. 이때 무엇을 고르느냐 하는 것은 미묘한 문제인데, 어느 신문에나 통하는 분명한 표준이 있는 것은 아니다. 사실의 선택 자체에 신문의 성향이 드러나는 것이다. 둘째, 신문은 골라 낸 사실을 인쇄할 때 기사 제목을 붙인다. 이 기사 제목 붙이기에도 모든 신문에 통하는 규칙이나 표준은 없다. 따라서 신문의 개성이 기사 제목 붙이기로 드러날 것이다. 셋째, 신문, 특히 일간지는 정보를 신속하게 제공하는 것이 소임이기 때문에, 그리고 지면이 제한되어 있기 때문에 어제 일어난 사건을 잊고, 혹은 적어도 쓰지 않고 오늘 일어난 사건만 보도한다. 다른 말로 하면 신문의 지면에는 기억이라는 것이 없다는 것이다. 그런 의미에서 일간지와 역사책은 대척을 이룬다. 이 세 가지 특징을 다시 정리하자면, 사실을 선택하고, 그 사실에 제목을 붙이고, 지나간 사실을 기억하지 않는다는 것이다. 거의 모든 신문에 공통된 이러한 성격을 놓고 독자는 어떻게 대응해야 세상을 공정하게 파악할 수 있을까. 신문이 사실을 선택한다는 것, 선택되는 사실은 신문에 따라 다르다는 것에 대해서 독자가 취할 수 있는 대응 가운데 하나는 가능하면 성향이 다른 신문 두 개를 동시에 읽는 것이다. 꼭 두 개가 아니라 좀 더 많으면 많을수록 좋겠지만, 그러자면 돈도 들고 시간도 많이 걸릴 터이니 쉽지 않을 것이다. 적어도 두 개라고 한 것은 그 때문이다.

## 관점이 다르면 보도도 달라진다

예전에 빈 시내의 유명한 호텔인 자허 호텔에 묵은 적이 있다. 어느 날 조식을 위해 1층 식당으로 내려가니 전 세계에서 발행되는 많은 신문이 비치되어 있어서 손이 가는 대로 여러 신문을 집어 들고 커

피를 마시려고 했다. 그때 내 눈에 날아든 것은 베를린에서 처음으로 대규모 폭동이 일어나 서베를린의 군중이 동베를린으로 침입하고 적기를 끌어내렸다는 기사였다. 아침 시간의 호텔 식당에는 조용한 음악이 흐르고 창밖으로 보이는 극장 주변의 세련된 거리에는 잘 차려입은 사람들이 오가고 있었다. 이 평화로운 풍경과 신문 속의 베를린 폭동의 대비는 매우 강렬한 인상으로 가슴을 쳤다. 당시 폭동에 참가하여 적기를 끌어내린 서베를린 군중의 인원은, 파리에서 발행되는 미국 신문 『헤럴드 트리뷴』 유럽판에 따르면 런던에서 발행되는 『타임스』가 보도한 인원보다 거의 열 배나 많았다. 대체 어느 쪽이 사실일까. 물론 호텔에 있던 나는 알 길이 없었다. 여하튼 같은 장소, 같은 시간에 폭동에 참가한 인원이 대략 어느 정도였는가 하는 것은 지극히 단순한 사실의 문제였다. 그 단순한 사실조차 두 신문이 열 배나 되는 차이를 드러낼 수 있었던 것이다. 앞서 말했듯이 그 호텔에는 많은 신문이 놓여 있었으므로 나는 여러 신문의 내용을 비교해서 폭동에 참가한 인원의 규모를 대강 짐작할 수 있었지만, 만약 내가 미국 신문의 유럽판만 읽었다면 나의 판단은 크게 잘못되었을 것이다.

또 이런 일도 있었다. 1950년대 파리에는 종종 교통기관 노동자들의 파업이 있었다. 이튿날 신문을 보면 파업으로 교통이 얼마나 마비되었는가를 두고 공산당 기관지 『위마니테』와 보수 성향의 『피가로』, 중립 성향의 『르몽드』가 크게 다른 경우가 많았다. 늘 그렇지만 그 차이는, 『위마니테』에 따르면 대부분의 교통기관이 마비되었고, 『피가로』에 따르면 거의 영향이 없었으며, 『르몽드』에 따르면 전혀 영향이 없었던 것은 아니지만 마비의 정도는 대단하지 않았다는 식이다. 파업의 영향도 성향이 다른 두 신문을 비교함으로써 분명히 알 수 있으므로 누군가 신문 한 종만 읽고 산다면 매사에 판단을 그르치고 있을 것이라는 방증이 될 것이다. 또 가령 도쿄 시내에서 벌어진 시위를 두고도 파리의 교통기관 파업에 대한 보도와 마찬가지로 시위에 참가한 인원은 신문에 따라서 다른 경우가 많다. 만약 성향이 크게 다른 두 신문을 읽을 수 없는 상황이라면 조금 늦게 발간되는 주간지나 잡지에 실린 기사와 일간지를 비교해 볼 수도 있을 것이다.

## 기사 제목을 비교해야 하는 이유

신문의 기사 제목은 당연히 읽지 않을 수 없는 것이지만, 특히 주의할 것은 기사 제목만 보고 지나가는 것이다. 왜냐하면 두 신문의 차이는 폭동의 규모를 다르게 보도한다는 데도 있지만 그보다 더 분명한 차이는 그 기사 제목에서 드러나기 때문이다. 어느 쪽이 적절한 기사 제목인가에 대한 판단은 독자의 몫이며, 특정 신문에서 본 것을 그대로 받아들여서는 곤란하다. 가령 많은 학생이 국회의사당을 에워싸고 있는 똑같은 사진을 싣고도 어느 신문의 기사 제목은

'의사당의 학생'이라고 나올 것이고 어느 영자 신문은 '국회로 몰려든 폭도'라고 나올 것이다. 세상에는 '학생 대중'이라는 것도 없고 '폭도'라는 것도 없다. 실제로 존재하는 것은 그저 다로 씨나 하나코 씨나 지로 씨 등으로 구성된 집단이며, 그 집단은 동시에 학생 대중이고 폭도이며 일본인이고 애국자이고 좌익이고 18세에서 22세까지의 연령층이고 고등교육기관 재적자이며 기타 무한한 이름으로 부를 수 있는 존재일 것이다. 그 무한한 이름 중에서 하나를 선택하는 것은 그 선택하는 자의 판단에 달린 것이지, 다로 씨나 하나코 씨나 지로 씨가 그 자리에 있었다는 사실 자체로부터 자연스럽게 객관적으로 공평하게 중립적으로 도출되는 제목은 아니라는 것이다. 사실에서 기사 제목이 나오는 것이 아니라 기사 제목을 결정하는 자의 시각에서 기사 제목이 나온다. 따라서 신문의 기사 제목을 읽을 때는 그것을 결정한 사람의 관점을 생각할 필요가 있다. 구체적으로 말하자면, 가능하다면 관점이 서로 다른 두 신문의 기사 제목을 늘 비교할 필요가 있다는 것이다.

## 과거와 견주며 신문을 읽는다

신문 지면에는 기억이 없다. 그러나 세상에서 벌어지는 사건의 의미를 알고자 할 때는 아무래도 개개의 사건을 과거와의 관계 속에서 바라보아야 한다. 일간지는 그 성격상 과거 사건은 다루지 않지만, 독자로서는 오늘 보도된 사건의 의미를 파악하기 위해서 어제의 사건을 기억해 둘 필요가 있다. 가장 간단한 방법은 필요한 기사를 스크랩해서 정리해 두는 것이다. 혹시 그럴 만한 시간 여유가 없다면 특정 문제에 대해서만 스크랩을 해서 가령 당신의 일기 속에 끼워 두기만 해도 큰 도움이 될 것이다. 나중에 일기를 들춰 보면 그 속에 가령 어느 정치가가 전쟁 전에 어떤 약속을 했는지, 전시에 어떤 세계관을 가지고 있었는지, 전후에 전범이 되어 감옥에서 나올 때는 뭐라고 말했는지, 그 후 내각총리대신이 되었을 때는 무슨 말을 했는지 등 그런 것들이 주마등처럼, 마치 인생의 막판에 평생의 사건들이 되살아나듯이 하나하나 정돈된 맥락과 의미를 띠며 선명하게 파악될 것이다.

또 가령 군축 회의에서 어느 나라가 어떤 제안을 했는데, 상대국이 그것을 거부했다고 하자. 이럴 경우 과거에 그 나라가 어떤 제안을 했고 상대국은 어떤 제안을 했는지, 그리고 어느 나라가 양보하고 어느 나라가 양보하지 않았는지 등의 경과를 전반적으로 되살려 놓으면 어제 있었던 회의의 양상을 정확히 판단할 수 있을 것이다. 시중에 일어나는 사건에서 예를 들자면, 지금까지 자식을 가혹하게 대해 온 아버지의 말과 늘 친절하게 대해 준 이웃집 아저씨가 하는 말이 설사 똑같다고 해도 우리는 과거의 일들을 감안하여 두 어른이 하는 말에 다른 의미를 부여할 것이다. 이와 마찬가지로 신문에 보도되는 거의 모든 사건도 만약 그것을 과거와 완전히 분리해 버린다면 그 의미를 잃어버리는 것들이 많다. 우리는 신문을 통해서 사실을 파악한다. 그러나 그 사실에 대한 의미 부여를 신문사 주간에게만 맡겨 놓을 수는 없다. 신문에서 본 사실을 나중에 기억할 수 있는 방법을 궁리하는 것은 신문에 나오는 사실에 의미를 부여하는데, 다시 말해 세상일에 대해서 자신의 의견을 형성하는 데 꼭 필요한 일이다.

## 외국 신문을 읽는다

흔히 신문이나 주간지는 객관적인 보도를 한다고 말한다. 공평하고 객관적인 보도가 소임이며, 특별한 관점은 없다고 말한다. 그러나 실제로는 모든 사람에게 저마다 관점이 있듯이 신문도 스스로 있다고 말하든 없다고 말하든 간에 특정한 관점을 가지고 있다고 봐야 한다. 신문에 관점이 있다면 그 신문을 읽을 때는 그 관점을 알아 두는 것이 모르는 것보다는 나을 것이다. 일본의 신문이라면 그것을 파악하는 것은 그리 어려운 일이 아니다. 또 단순히 신문의 관점만이 아니라 그 영향력에 대해서도 대체적으로 파악해 두는 것이 좋다. 사실 우리는 일본의 신문에 대해서 대체적으로 그 성향을 파악하고 있다. 그러나 외국 신문이 인용되는 경우에는 그 인용에 대해서 의미를 제대로 판단하기가 쉽지 않다. 왜냐하면 일본에 살고 있는 우리는 외국 신문의 관점, 성향, 영향력의 범위 등을 적절히 파악하기가 어렵기 때문이다. 하지만 그런 것을 모르고서는 그 신문에 발표된 의견과 그 나라의 실제 여론의 관계를 파악할 수 없을 것이다.

가령 미국의 한 신문이 사설에서 중국의 인권 문제를 논했다고 하자. 그 사설만으로는 미국의 여론이 중국의 인권 문제에 얼마나 관심을 가지고 있는지 전혀 알 수 없다. 그 미국 신문의 독자는 미국 인구의 몇 퍼센트나 되는가. 아니, 그것은 단순히 숫자의 문제가 아니라 그 신문을 읽는 독자가 어떤 성향의 독자인지, 역사적으로 볼 때 그 신문이 지금까지 사설에서 거론해 온 것들이 여론을 얼마나 반영했고 여론에 얼마나 영향을 미쳤으며 그것을 통해 미국의 정책에 어떤 영향을 끼쳐 왔는가의 문제이다. 그런 것들을 모른다면 무수하게 많은 신문 가운데 하나가 중국의 인권 문제를 논했다고 해도 미국의 여론에 얼마나 영향이 있는지 전혀 짐작할 수 없다는 것이다. 하지만 우리에게는 그 사설이 미국의 여론을 반영할 때, 혹은 여론에 영향을 미칠 때 의미가 있는 것이므로, 그 점을 모르고서는 그 사설을 읽어도 별 의미가 없다.

## 진실을 간파하는 방법

그러나 우리 주변에서 어느 신문, 잡지의 성향을 파악하고 보도의 객관성을 조사해 보고자 할 때 누구나 쉽게 시도해 볼 수 있는 방법이 있다. 그 신문이나 잡지에서 당신이 잘 모르는 분야가 아니라 가장 잘 아는 분야에 대한 기사를 주의 깊게 읽는 것이다. 가령 당신에게 스캔들이 있어서 신문에 나왔다면 그 기사를 주의 깊게 읽는 것이다. 그 일에 관해서는 당신처럼 잘 아는 사람은 없을 것이다. 그러므로 기사가 어느 정도로 정확한지 금방 알 수 있을 것이다. 만약 그 기사가 옳다면 아마 다른 사람의 스캔들에 대해서도 그 신문이 제대로 보도할 거라고 추측할 만하다. 만약 그 기사가 터무니없는 엉터리라면 다른 사람의 스캔들 기사도 신용하지 않는 편이 좋을 것이다.

물론 누구나 스캔들이 있는 것은 아니고, 그 스캔들이 늘 신문에 보도되는 것도 아니다. 가령 당신이 시내에 나가 시위에 참가했다고 하자. 시내 광장에 얼마나 많은 인원이 모였는지 당신은 대략 파악하고 있을 것이다. 이튿날 신문을 최대한 여러 종 구해서 읽어 보기 바란다. 어느 신문에 어떤 경향이 있는지가 일목요연하게 드러날 것이다. 또 가령 당신이 의사라면 약이나 의술에 관한 기사가 나왔을 때 특히 꼼꼼하게 읽어 보는 것도 한 가지 방법일 것이다. 의사인 당신은 그 기사를 쉽게 판단할 수 있을 것이다. 만약 당신이 변호사라면 재판 기사를, 배우라면 연극 비평을 주목하는 것이다. 물론 그런 특수한 기사로 신문과 잡지의 전체적인 경향을 판단할 수 있다고는 할 수 없다. 그러나 그런 시도라도 안 하는 것보다는 해보는 것이 낫다. 적어도 일단 활자가 된 것은 사실일 거라고 믿는 현대의 미신만은 극복할 수 있을 것이다. 물론 일류 신문의 기사는 대개 정확하다. 다만 활자를 통해 사실을 판단하려고 신문을 보는 독자와, 활자이므로 틀림없는 사실이라는 전제에서 신문을 보는 독자는 그 태도가 크게 다른 것이고, 신문에서 받는 영향, 지식의 성질, 그 결과 형성되는 의견의 질에도 큰 차이가 날 것이다.

## 일본 잡지의 특징

국제적으로 보더라도 일본은 잡지의 왕국이다. 먼저 첫째로 종합잡지라는 것이 다달이 정치, 경제, 사회, 문화 등 다방면에 걸친 사건과 논쟁을 두루 편집하는 한편 다소 에로틱한 소설도 곁들이는 월간지라는 형식은 일본 언론의 천재적인 발명이며, 내가 알기로는 이런 형식은 다른 어느 나라에서도 찾아볼 수 없다. 일본이 발명한 이 독특하고 편리한 매체를 사용하지 않는 것이 안타까울 정도이다. 이를 이용함으로써 즐거움도 얻고 독자의 지적 세계도 한층 풍부해질 것이다. 또 몇 십만 부라는 거대한 발행 부수를 가진 주간지가 이렇게 많은 나라도 달리 없는 줄로 안다. 일본 국민이라면 무슨 일로 기다리는 일이 있더라도(그런 일은 비교적 흔하지만) 결코 지루해 하지는 않을 것 같다. 주간지에도 다양한 종류가 있어서 비교 검토도 쉽고, 누구나 비슷한 잡지를 읽는 것이 아니라 저마다 취향에 맞는 것을 골라서 읽을 수 있다. 그 점에서 주요 일간지의 지면이 대동소이한 점과는 대조적이라고 할 수 있다. 어떤 의미에서는 한쪽에는 비교적 많이 닮은 일간지들이 있고 다른 한쪽에는 다종다양한 주간지들이 있어서 서로의 결점을 보완하는 교묘한 구조인지도 모른다.

또 일본에는 오래전부터 여성지라는 것이 있는데, 매달 발간되는 그 두꺼운 책은 거의 소형 백과사전 같은 모습을 하고 있다. 가령 가정주부가 일본의 여성지를 반년쯤 탐독한다면 요리, 뜨개질, 육아, 연애, 결혼, 노년, 간병, 자녀교육에서 영화와 연극 같은 오락까지 일상생활에 필요로 하는 지식은 이 잡지로 모두 얻을 수 있을 것이다. 이런 잡지를 만드는 데는 놀라울 정도로 많은 수고와 대단한 노력이 필요한데, 현재까지는 일본 말고 이렇게 자상하고 꼼꼼한 잡지를 만들어 내는 나라는 달리 없는 것 같다.

전문 잡지를 제외하더라도 일본에는 이렇게 다른 나라에는 없는 왕성한 잡지 저널리즘이 있어서, 일본인들은 독서 생활의 상당히 커다란 부분을 일반인을 위한 정기 간행물에 할애하고 있는 것 같다. 일단 그런 신문과 잡지를 보기로 작정했다면 그것을 어떻게 읽을까 하는 것은 거의 문제가 되지 않는다. 그런 주간지, 월간지들은 독자가 어떻게 읽을지 고민할 여지가 없을 만큼 친절하고 꼼꼼해서, 유치원 보모의 자세에 비견될 만한 자상한 배려가 지면 구석구석까지 미쳐 있기 때문이다.

Chapter 8

# 어려운 책을 읽는 '독파술'

## 이해되지 않는 책은 외면하기

새로운 회화를 잘 모르겠다는 사람이 종종 있다. 이때 새로운 회화란 필시 추상화를 말할 것이다. 잘 모르겠다는 것은 이 그림이 물고기를 그린 것인지 여자를 그린 것인지 모르겠다는 말일 것이다. 그렇다면 새로운 회화는 애써 이해할 필요가 없다. 몰라도 상관없다고 하면 그만이다. 또 음악을 모르겠다는 사람이 있다. 그 음악이 물고기를 표현한 것인지 여자를 표현한 것인지 모르겠다는 것이 아니라, 들어 봐도 뭐가 좋다는 것인지 모르겠다는 정도의 의미일 것이다. 그런 이야기도 개인의 취향이라는 차원에서 넘길 수 있을 것이다. 그러나 책을 읽는 문제라면 이야기가 달라서, 무슨 글인지 모른다면 아무 의미가 없다. 물고기에 대해서 쓴 것인지 여자에 대해서 쓴 것인지를 몰라서는 애초에 이야기가 안 되는 것이다. 적어도 어떤 미술은 굳이 알아야 할 필요는 없다. 음악은 회화처럼 무엇을 구체적으로 묘사한 것이 아니므로 애초에 쉽게 이해될 리가 없다. 하지만 독서는 그림을 보는 것이나 음악을 듣는 것과는 다르다. 모든 책은 언어로 이루어져 있고, 모든 단어는 무언가를 의미한다. 그 의미를 파악하고 의미들 사이의 관계를 이해하는 것이 책을 읽는 법, 즉 책을 이해한다는 말일 것이다. 읽는 것과 아는 것은 떼려야 뗄 수 없다.

그러나 세상에는 어려운 책이 있다. 어떻게 하면 많은 책을 읽고, 읽는 책을 늘 이해할 수 있을까? 그 방법은 간단하다. 이는 간단하지만 아마 독서에서 가장 중요한 점 가운데 하나일 것이다. 즉 자신이 알 수 없는 책은 일체 읽지 않는 것이다. 그렇게 하면 늘 책을 읽을 수 있고, 읽는 책들을 늘 이해할 수 있다. 페이지를 조금 넘겨보거나 조금 읽어 보고 아무래도 모르겠다 싶은 책은 읽지 않기로 하는 것이 현명하다. 그 책 한 권을 모르는 것이 당신 잘못도 아니고, 그렇다고 그 책의 잘못도 아니다. 이 점을 이해해 두는 것이 중요하며, 그것만 충분히 이해해 두면 공연한 노력, 공연한 허영심, 또는 공연한 열등감을 줄이고 시간 낭비를 없앨 수 있다. 누구나 어려워하는 책이 있다. 나는 이해하기 어렵지만 다른 사람은 쉽게 이해하는 책이 있다. 또 누구나 쉽게 이해하는 책도 있을 것이다.

그럼 누구나 어려워하는 난해한 책은 대체 어떤 책일까?

## 읽을 필요가 없는 책

첫째, 문장 자체에 문제가 있는 책이다. 에도 시대의 국학자 가가와 가게키(1768~1843)는 "문장은 다만 그 뜻을 전하는 것이 근본이라면 누가 봐도 전혀 갈팡거리지 않는 문장이 능한 것."(『수처사설』)이라고 했다. 이 말을 뒤집으면 누가 읽어도 의미가 즉시 명료하게 이해되지 않는다면 서툰 문장이라는 말이 되겠다. 주어가 분명하지 않고, 형용사가 어디까지를 수식하는지 헛갈리고, 구사되는 단어의 정의가 분명하지 않는 등의 결함이 잇달아 나와서 의미가 모호해진 문장에 오랜 시간을 들이며 이리저리 궁리해 보는 것도 때와 장소에 따라서는 필요할 수 있겠지만, 대체로 그런 책은 아예 던져 버리는 것이 경제적이다. 실제로 세상에 나도는 소위 '어려운 책'이라는 것들의 상당 부분이 가가와 가게키가 말하는 능한 문장이 아니라 서툰 문장으로 쓰여 있다. 이는 물론 저자의 책임이므로 독자가 열등감을 느낄 이유는 조금도 없다. 그런 불완전하고 서툰 문장으로 쓰인 책을 던져 버리면 세상에 그 많은 어려운 책, 난해한 책이 별로 남게 되지 않을 것이다. 인생은 짧다. 설사 그런 책들 중에 제법 가치 있는 것이 있다고 해도 너무 서툰 문장으로 쓰인 책은 깨끗이 무시하며 눈길조차 주지 않는 것도 짧은 인생의 많지 않은 시간을 소중히 하는 데 필요한 사고방식이 아닐까?

그래도 문학 이외의 책, 가령 전문적인 기술 서적이라면 문장이 엉성하더라도 다소 참아야 하는 경우도 있을 것이다. 다른 책에 없는 자료가 그 책에 실려 있을지도 모르기 때문이다. 그러나 적어도 문학에서는 그런 경우는 없다고 해도 좋다. 가가와 가게키 식으로 말하자면 능한 문장이 전제 조건인 문학에 너무 어려운 책이 있을 까닭이 없는 것이다. 그렇다면 사이카쿠의 문장은 어떠냐, 『겐지 이야기』의 문장은 어떠냐 하고 묻는 사람이 있을지 모른다. 물론 오늘날의 우리에게는 어려운 작품들이다.

그렇지만 사이카쿠나 무라사키 시키부(『겐지 이야기』의 작가, 978?~1016?)는 우리를 위해 작품을 쓴 것이 아니라 동시대의 독자들을 위해서 썼다. 그 시대의 독자들에게 사이카쿠의 『호색오인녀』好色五人女는 결코 어려운 책이 아니었을 것이다. 『겐지 이야기』조차도 거기 구사된 어휘를 일상적으로 말하고 그 세계에서 생활하고 아마 등장인물의 모델을 잘 알고 있던 많지 않은 독자층에게는 그리 어려운 글이 아니었을 것으로 짐작된다. 이제 그것이 우리에게는 어려운 문장이 되었다. 이는 사이카쿠나 『겐지 이야기』의 문장이 애초부터 어려웠는가의 여부하고는 일단 별개의 문제이다. 영어를 배우지도 않고 영어 소설을 어렵다고 하는 것이 무의미한 것처럼 헤이안 시대의 언어를 배우지 않고 『겐지 이야기』를 어렵다고 하는 것도 아무 의미가 없다. 그러나 현대 문학이라면 이야기가 다르다. 우리를 위해 쓰인 문장이 우리에게 너무 어렵다면 그 문장은 문학이라고 할 수 없을 것이다. 물론 읽을 필요도 없다.

## 쓰고 있는 본인도 이해하지 못한다

'글은 사람이다'라는 말이 있다. 더 직접적인 말로, 17세기 프랑스의 시인 부알로(1636~1711)는 "숙고된 것은 명료하게 표현된다."라고 했다. 문장이 모호한 것은 대부분의 경우 단순히 서술상의 문제 때문이 아니라 필자 본인이 말하고자 하는 바를 제대로 생각하지 않았다는 것, 혹은 문장의 내용을 필자 자신이 충분히 이해하지 못했다는 것을 의미한다. 필자부터가 잘 이해하지 못한 내용을 어찌 독자가 충분히 이해할 수 있을까.

우리가 잘 아는 예를 들자면 아무도 이해하지 못하는 서양 철학의 번역서가 있다. 역자가 독일어를 잘 모르거나 철학적 사고에 익숙하지 못하거나 혹은 아마도 그 양쪽이 다 해당되어서 원문을 충분히 이해하지 못한 채 일본어 단어로 바꿔 놓은 것으로 그친 경우가 적지 않다. 그 번역문에서 원문을 짐작하거나 원문이 말하고자 하는 바를 추측하는 것은 너무나 어려워서 거의 불가능에 가깝다. 그런 책은 아예 던져 버리고 좀 더 나은 번역본을 찾아보는 것이 합리적일 것이다.

가령 불문학자 히라이 히로유키 씨(1921~92)는 장 폴 사르트르를 이해하는 데 후설(독일의 철학자, 1859~1938)의 현상학을 읽어둘 필요가 있다고 생각하고 그 일본어 번역을 읽기 시작했는데, 무슨 말인지 도무지 이해할 수 없었다고 한다. 그래서 후설의 프랑스어 번역본을 읽어 보니 그제야 비로소 이해가 되더라는 것이다. 이런 예는 얼마든지 있다. 예를 들어 마사무네 하쿠초 씨(일본의 작가, 평론가, 1879~1962)가 『겐지 이야기』는 웨일리(영국의 동양학자, 1889~1966)의 영어 번역본으로 읽는 것이 더 재미있다고 말한 것은 유명한 이야기이다. 『겐지 이야기』의 경우는 조금 이야기가 다르지만 독일 철학을 읽는 데 만약 독일어를 자유롭게 읽을 수 없다면 일본어 번역본을 읽는 것보다는 영어 번역본을 읽는 것이 적어도 시간을 절약하는 방법이 되는 경우가 많다. 히라이 씨가 프랑스어를 읽듯이, 혹은 내가 영어를 읽듯이 서양어를 읽지 못하는 독자라면 어떻게 해야 할까. 전혀 고민할 필요가 없다. 요컨대 서양 철학 책을 읽지 않기로 하면 된다. 햄릿 왈, "어차피 세상에는 철학으로 알 수 없는 일이 태반이다." 독일 관념론 철학 외에도 한우충동, 책은 얼마든지 있다.

또 가령 대학 신문에서 발표되는 최신 정치사회 이론이라는 글은 종종 우리의 이해력을 한참 벗어나곤 한다. 낯선 추상적 단어가 많이 나오고 어느 구절이 어느 구절로 연결되는지도 알 수가 없다. 가령 대학생 아들을 둔 어머니가 아들의 세계를 제대로 이해하고 싶어서 참고삼아 그 글을 읽기로 했다고 하자. 하지만 아무리 읽어도 무슨 소린지 알 수가 없다. 아마도 그 부인은 자신의 지적 능력의 한계를 느끼고, 이래서는 내 아들의 생각도 알 수 없겠구나, 하고 낙담할지 모른다.

그러나 거기서 정말로 문제가 되는 것은 그 부인의 지적 능력의 한계가 아니라 그런 논문을 쓴 학생의 지적 능력의 한계이다. 사회과학 용어가 남발되지만 각 단어의 정의가 분명치 않고, 정리도 되어 있지 않고, 문맥도 앞뒤가 맞지 않아서 무엇을 말하는지 아무도 이해하지 못하는 글이라면 필자의 머릿속 혼란을 보여 줄지언정 독자의 머릿속 혼란을 보여 주는 것은 결코 아니다. 논문을 쓴 당사자가 잘 모르는 것을 타인이 이해할 리 없지 않은가. 이런 것은 사소한 예에 불과하며, 그다지 잘 이해되지 않는 글을 쓰는 필자, 따라서 부알로가 말했듯이 문장이 명석하지 않은 필자가 꼭 번역가나 학생운동 리더 중에만 있는 것은 아니다. 종합 잡지에 실리곤 하는, 그 인상만큼은 분기탱천해 있는 대단한 논문들 중에도 논리적으로는 모호한 것이 적지 않다. 그런 논문은 어렵다. 그렇다면 어려운 논문은 일단 젖혀 둔다. 그러면 주로 읽는 책은 거의 전부 이해할 수 있도록 독서 계획을 세울 수 있다. 모든 독자에게 권할 만한 정신건강 보호법이라고 생각한다.

## 필자의 모호함을 알 수 있는 방법

또한 논문 종류를 고를 때 꼼꼼하게 읽어 보지 않더라도 너무 어려울 것 같으니 그만두는 것이 낫겠다고 판단할 수 있다. 여기에는 몇 가지 요령이 있다. 그 요령 중에 가장 간단한 것은 대체로 가타카나가 너무 많은 글이나 한자를 길게 나열한 구절이 많은 글은 되도록 피하는 것이다. 누구나 알고 있듯이 가타카나는 보통 외래어를 표기하는 데 사용된다. 나는 그것이 속독법에 유리하다고 말했다. 그러나 그 경우의 가타카나는 위스키라든지 레인코트처럼 실생활에서 보고 만지고 맛볼 수 있는 것들이다. 그런데 지면에 흩어져 있는 가타카나가 모종의 추상적 개념을 의미할 때는 그것이 정말로 의미하는 바가 무엇인지를 파악하는 것은 거의 언제나 매우 어려운 일이다. '앰비발렌트한 감정' '문제의식의 액추얼리티' '나카무라 신이치로에 있어서 둔켈한 것' 등. 가타카나로 표기된 그런 외국어는 영어라고 해도 옥스퍼드 사전이 설명하는 의미로는 결코 사용되지 않고 프랑스어라고 해도 리트레 사전이 설명하는 의미로는 사용되지 않는다.

그렇다면 어떤 의미로 사용되고 있을까. 정의가 있는 것 같지도 않다. 어떻게 하면 진짜 의미하는 바를 알아 낼 수 있는지 아무도 모른다. '나카무라 신이치로에 있어서 둔켈한 것'이란 '어둡다'라는 뜻의 독일어 형용사 'dunkel'을 말하는 듯하다. 이 독일어 형용사 쪽에는 아무 문제도 없을 것이다. 그렇다면 '어둡다'라는 지극히 간단한 형용사를 일본어 문장에서 굳이 독일 말로 쓴 이유를 알 수 없다. 그 표현을 읽는 독자는 필자가 '둔켈'을 '어둡다'와는 다른 의미로 쓰는 것 같다고 생각하지 않을 수 없다. 그러나 '둔켈'이 액면 그대로 '어둡다'라는 의미가 아니라면 대체 무엇인지 도저히 알 길이 없다. 브로크하우스 백과사전 등을 꺼내 봐도 도저히 그 모호함이 풀리지 않는다. 그런 모호한 개념이 자주 등장한다면 머리를 쥐어짜며 이해할 만한 가치 있고 면밀한 사고가 전개되고 있을 가능성은 그리 많지 않다. 읽지 않아도 아마 손해는 없을 것이다.

또 한자가 줄줄이 나열되어 가령 '絶對矛盾의 自己同一'이라는 식으로 나온다면 어느 구절이 어디서 끊어지는지, 어느 단어가 어디에 걸리는지 그 문장 속에서는 판단하기가 힘들다. 물론 앞뒤 맥락으로 알 수 있을 때도 있다. 그러나 그런 표현이 자주 나타난다면 그런 글을 읽는 것은 사물을 명료하게 사고하는 데 장애가 될지언정 보탬은 되지 않을 것이다. 과연 그런 언어로 사물을 치밀하게 생각하는 훈련을 할 수 있을까. 말하고자 하는 바가 어렵기 때문에 문장도 어쩔 수 없이 어려워졌다는 것은 대개 핑계에 불과한 듯하다.

일본어는 아니지만 영국의 철학자 버트런드 러셀이 원래 쉽고 단순한 주제에 대해서 글을 썼던 것은 아니다. 그런데도 러셀은 언제나 날카롭고 명쾌하며 조금도 모호한 구석이 없는 글을 썼다. 가가와 가게키라면 '이것이야말로 능한 영어'라고 평가했을 것이다.

## 그래도 어려운 것은 왜일까

그러나 책을 이해하고 못하고 하는 이유가 늘 책에만 있는 것은 물론 아니다. 독자 쪽에도 나름의 이유가 있는 경우가 많다. 가령 러셀을 읽고도 "어렵네, 잘 모르겠네."라고 말하는 사람이 있는가 하면 선문답을 읽고도 쉽게 이해했다는 사람도 있을 것이다. 어려운 책을 읽고, 아니 꼭 어려운 책이 아니라도 책을 잘 읽고 잘 이해하기 위한 궁리는 독자들도 해야 한다. 그 독자 측의 조건은 첫째는 언어, 둘째는 경험과 관련되어 있다고 할 수 있다.

문장을 이용한 표현은 저자의 어떤 경험을 언어의 조합으로 번역하여 남에게 전하고자 하는 행위라고 볼 수 있다. 이것을 독자 측에서 보자면 언어의 조합, 즉 문장을 통해 저자의 경험을 아는 것이다. 그것은 마치 자동차를 운전하는 사람이 교차로에서 빨간 신호등을 보면 멈춰야 한다는 생각을 하고 파란 신호등을 보면 출발해도 좋다는 생각을 하는 것과 같다. 문장은 훨씬 복잡해진 교통 신호와 같은 것이다. 빨강은 '정지', 파랑은 '출발'이라는 교통 신호의 의미를 모른다면 차량을 운전할 수 없다. 마찬가지로 각 단어가 무엇을 의미하는지를 알지 못하면 책을 읽고 이해할 수 없다. 그러나 교통 신호의 의미만 알 뿐 차량을 한 번도 정지시켜 보거나 가속해 본 적이 없는 사람은 교차로에서 대처할 수 없다. 운전자는 교통 신호의 의미를 알 뿐 아니라 실행의 경험이 있어야 한다. 마찬가지로 언어가 의미하는 바를 알 뿐 아니라 언어가 의미하는 것이 무엇인지를 많든 적든 독자가 자신의 경험으로 알고 있지 않다면 문장을 제대로 이해할 수는 없을 것이다. 한편에 언어 혹은 상징이 있고, 다른 한편에 경험 혹은 상징되는 것이 있다. 이 두 가지 요소가 책을 읽는다는 행위를 떠받치는 두 개의 커다란 기둥이라고 할 수 있다.

## 개념을 먼저 알아 둔다

문장을 정확히 이해하려면 먼저 단어의 의미를 정확히 이해해야 한다. 가령 기하학을 처음 배우는 사람은 반드시 기하학에 이용되는 개념부터 익히게 마련이다. 직선이란? 평면이란? 이런 개념을 정의하고, 그 뒤에 그 단어를 사용하여 기하학의 복잡한 세계를 배워 나간다. 그 과정의 초기부터 마지막까지 '직선'이라는 단어는 늘 그 처음 정의한 그대로를 의미하며 결코 다른 무엇을 의미하지 않는다. 만약 이용되는 단어의 개념을 하나라도 잊는다면 기하학을 이해하는 것은 불가능할 것이다. 경제학에서는 기하학에서와 같이 그 분야에서 이용되는 단어 하나하나를 엄밀하게 정의하기가 어려울지 모른다. 그러나 사용되는 단어의 정의를 최대한 정확히 이해하고 기억해 두는 것은 경제학 논문을 이해하는 데 결정적인 역할을 할 것이다.

가령 '성장률'이란 무엇인가, '국민소득'이란 무엇인가, 또 그 단어가 의미하는 바가 나라에 따라서 어떻게 달라지는가. 이런 것을 분명히 해두지 않고 '고도성장률'이나 '소득 증가'에 대해서 아무리 많은 책을 읽어도 그 내용을 제대로 이해하기는 힘들 것이다.

경제학뿐 아니라 대체로 학문에서는 각각의 영역 안에서만 쓰이는 특수한 단어들이 있고, 그 단어들의 의미는 최대한 엄밀하게 규정되어 있다. 그런 단어들을 되는 대로 늘어놓고 전후 맥락으로 의미를 짐작하는 것만으로는 충분하지 않다. 그런 식으로 많은 책을 읽는 것은 오히려 효율적이지 못하다고 해야 할 것이다.

가령 악보를 생각해 보면 분명해진다. 악보상의 기호는 평소 우리가 일상적으로 사용하는 단어 체계하고는 전혀 다른 약속으로 이루어져 있는 또 하나의 상징체계이다. 그 기호를 익히면 악보를 볼 수 있고, 기호대로 손가락을 움직이면 그 악보가 의도한 대로 피아노를 칠 수도 있을 것이다. 그러나 그 약속을 익히지 않으면 악보 전체는 전혀 영문을 알 수 없는 것이 된다. 학문 중에는 수학을 사용하는 분야가 있다. 수학 역시 일종의 언어 같은 것이어서, 이것을 익혀 두면 문제를 정확히 읽어 낼 수 있고, 익혀 두지 않으면 아무것도 알 수 없다.

## 단어의 정의를 분명히 해둔다

악보나 수식처럼 일상생활에 사용되는 단어와 전혀 다르게 생긴 기호라면 일삼아 익혀야 이해할 수 있고, 익혀 두지 않으면 아무것도 이해하지 못한다. 그러나 평소 사용하는 단어 중에서 몇 가지를 골라서 그 단어를 특별히 정의하고 특수한 목적에 사용하는 경우라면, 읽을 수는 있어도 그 내용을 제대로 이해할 수는 없을 것이다. 일본인이므로 일본어로 되어 있는 책을 읽을 수는 있다. 일정한 교양을 갖춘 일본인이 알고 있는 일본어는 일상생활에 쓰이는 일본어와 다르지 않다. 그러나 특정 학문을 위해 특별하게 정의된 일본어는 형태는 똑같아도 일상생활에서 쓰는 단어와는 다른 것이다. 차라리 악보나 수식과 같은 것이라고 할 수 있다. 그러므로 일삼아 익혀 두면 이해할 것이고 익혀 두지 않으면 이해하지 못한다는 것이다. 책을 읽고 이해한다는 것의 출발점은 무엇보다 먼저 그 책에 이용되는 특수한 단어의 개념을 머릿속에 명확히 넣어 두는 노력을 초기에 해두는 것이다. 그런 개념을 이해하려면 일정한 시간이 걸리고 그것을 익히려면 다시 일정한 시간이 걸릴지도 모른다. 그러나 일단 그렇게 해두면 그 분야에서는 어떤 책이라도 비교적 쉽고 정확하게 읽을 수 있고, 그런 초기 단계를 건너뛰고 덤벼들면 아무리 오래 읽어도 늘 수박 겉핥기의 느낌이 남을 것이고, 결국 아무것도 이해하지 못하는 초보자로 남을 공산이 크다.

## 모호한 단어에 대하여

그러나 특수한 단어가 하나의 개념으로 정의되어 이용되는 책은 사실은 오히려 이해하기가 쉽다고 해도 좋다. 반면에 좀 더 일반적인 단어로 쓰여 있는데, 그 중요한 단어의 개념 정의가 그 책 안이나 그 밖의 어디에도 분명하게 주어져 있지 않은 경우가 있다. 사회과학 분야의 책 중에 그런 경우가 많고, 또 잡지의 논문이나 신문 사설에도 그런 경우가 많다. 전에 『아사히신문』 학예란이 '모호한 단어'를 주제로 특집을 한 적이 있다. 거기에 거론된 모호한 단어는 도처에서 쓰이는 것들이었다. 그런 글이나 책을 이해하려면 어떻게 해야 할까. 누구나 '자유'를 말하고 '민주주의'를 말한다. 또 '진보'를 말하고 '반동'을 말한다. '전통'이니 '문화'니 하는 단어처럼 누구나 당연히 알고 있다고 믿지만 가만히 생각해 보면 그 의미가 분명치 않은 단어가 헤아릴 수 없이 많다. 예를 들면 '국가의 예산을 지원하는 대학을 국가에서 관리하는 것은 당연하다'라고 할 때의 '국가'는 아마 정부를 말할 것이다. '우리 국가의 긍지'라고 말할 때의 '국가'는 정부라는 의미는 아닐 것이다. 일본인은 자기 나라의 어떤 점에 긍지를 느낄 수는 있지만 정부만큼은 결코 긍지로 여기지 않을 듯하다.

여하튼 우리는 당연히 안다고 믿지만 여전히 모호하게 남아 있는 그런 단어들을 일상적으로 사용하며 논의를 하고 있다. 그런 글을 읽으면 의미는 끝내 명확하지 않다. 이 경우는 경제학이나 기하학과는 달라서, 마땅한 전문용어 사전을 펼치고 교과서를 뒤져도 명확하고 특정한 정의를 찾아볼 수 없다. 물론 국어사전을 찾아볼 수는 있다. 그러나 국어사전의 설명은 아마 그다지 명확한 것은 아닐 것이다. 그런 단어들은 어느 시대에나 집단 혹은 개인에 따라서 서로 다른 의미로 쓰여 왔기 때문이다.

### 사전을 능숙하게 이용하는 방법

가령 '민주주의'라는 단어는 누가, 언제, 어디에서 사용했느냐에 따라 의미가 달라진다. 단 하나의 의미로는 상대방의 이야기를 이해할 수 없다. 그럴 때 아무 생각 없이 그 자리 분위기대로 따라간다면 그 단어의 의미는 언제까지나 모호하게 남아 있을 것이다. 어떻게든 대응할 필요가 있다. 그 대응이란 것은 아마 기하학의 경우보다는 훨씬 복잡한 것이 될 수밖에 없을 것이다. '민주주의'라는 사례에 대해서 좀 더 말해 보자면, 우리가 가장 먼저 할 일은 일단 백과사전에서 '민주주의' 항목을 찾아보는 것이다. 거기에는 단어의 유래, 그리고 역사적으로 그 단어가 어떻게 사용되고 어떤 내용을 담아 왔는지 따위가 간단하게 설명되어 있을 것이다. 백과사전 항목보다도 더 자세하게 설명한 책이 있다면 그 책을 꼼꼼하게 읽어 보는 것도 좋은 방법이다. 그 다음은, '민주주의'라는 단어가 요즘 일본에서 일상적으로 눈에 띄고 귀에 들려오므로 그럴 때마다 그 단어가 어떤 의미로 쓰이는지를 생각해 보는 것이다. 이때 백과사전에서 얻은 지식이 이를테면 토대 역할을 할 것이다.

한동안 그런 식으로 대응하다 보면 '민주주의'라는 단어가 여러 의미로 쓰이고 있다는 것이 자연스럽게 정리되고 이해될 것이다. 그 다음은, 만약 자신이 '민주주의'라는 단어를 사용한다면 어떤 의미로 사용하는 것이 가장 적절한지를 스스로 생각해 보는 것이다. 혹은 '민주주의'에 자기 나름의 정의를 내리고자 노력해 보는 것이라고 해도 좋겠다. 어차피 엄밀한 정의는 불가능하다. 그러나 자기 처지에 서서 단어의 의미를 일정한 범위 안으로 한정하는 것이라면 가능할 것이다. 물론 '민주주의'라는 단어의 자기 나름의 정의는 그 단어를 사용하는 다른 사람들에게는 통하지 않을 것이다. 어느 책 한 권은 그 정의로 통할 수 있지만 다른 책은 그 정의로는 해석할 수 없을 것이다. 그래도 그렇게 자기 나름의 정의를 가지고 있는 것은 다른 사람의 책을 이해할 때 커다란 도움이 된다.

매 상황마다 이것은 어떤 의미의 '민주주의'인가에 대해서 생각하는 것보다는, 각각의 상황마다 독자인 자신의 '민주주의'와 저자의 '민주주의' 사이의 거리를 가늠하는 것이 훨씬 간편하고 정리도 쉽다. 셀 수 없이 많은 '민주주의'의 의미는, 말하자면 자신이 정한 의미와의 거리에 따라서 머릿속에 배열될 수 있을 것이다. 물론 '민주주의'라는 것은 한없이 많은 단어들 가운데 하나의 사례에 불과하다. '자유'에 대해서, 또는 '국가'에 대해서, 또는 '연애'에 대해서 그런 대응을 한번 해둔다면 그 이후의 독서는 그 전하고는 비교할 수도 없을 만큼 정확해진다. 다른 말로 하자면 대부분의 책을 제대로 이해할 수 있게 된다.

앞에서 말했듯이 신호등의 빨강과 파랑이 무엇을 의미하는지를 모르고 도로로 차량을 몰고 나가는 것은 위험하기 짝이 없는 행동이다. 책을 읽으려면 용어의 개념을 미리 새겨 두는 것이 중요하다. 기존의 정의가 없는 경우에는 수고스럽더라도 자신이 직접 임시로 정의를 내리고, 그 개념을 바탕으로 그 단어의 다양한 의미를 정리하는 것으로 출발해야 한다. 길게 보자면, 이렇게 개념을 새겨 두는 것은 의미가 모호한 단어가 일깨우는 선정적인 분위기에 쉬 반응하는 것보다는 유익할 것이다. 책이나 논문이나 신문 기사에서 '진보'니 '반동'이니 하는 단어가 나온다면 먼저 '진보'가 무엇을 의미하고 '반동'이 구체적으로 무엇을 의미하는지에 주의하는 것이 중요하다. 그 의미가 어느 정도 분명해지기도 전에, 저자가 자기 당파인지 적대 당파인지만 보고 흥분하거나 열중하거나 용맹심을 떨치는 것은 물론 후련하기야 하겠지만 그다지 현명하다고는 할 수 없다. 그런 식으로 흥분한다면 언제까지나 적군과 아군을 가르고, 그에 따라 무조건적으로 반응하는 모습을 반복하는 수밖에 없다. 기왕에 떨치는 용맹심이라면 착각에서 비롯된 것이어서는 곤란하지 않겠는가.

## 왜 책을 읽지 못하게 될까

사람은 누구나 초등학교에서 중학교로, 고등학교에서 대학교로, 신입사원에서 사장으로 위치를 옮기면서 나이를 먹게 마련이다. 이와 마찬가지로 독서도 저절로 축적되도록 해나가야 한다. 이때 축적이란 전에 읽은 책에서 얻은 지식이 다음 책을 읽는 데 도움이 되고, 이 독서 경험이 또다시 다음 독서를 빠르게 혹은 깊게 하고 혹은 유익하게 하는 데 도움이 되어 가는 것을 말한다. 말하자면 생활의 성장과 독서 생활의 성장이 함께 이루어지는 것이 자연스러운 일이라는 것이다. 만약 사람의 생활은 성장하는 데 독서에서는 성장이 멈춘다면 마치 여학생 때 입던 옷을 졸업 후에 입지 못하게 되는 것처럼 독서 생활이 어딘가에서 멈춰 버린 것이 된다. 그 사람의 생활과 독서의 틈새가 너무 벌어져 버리면 돌이킬 수 없게 되어 아예 독서를 그만두게 되기가 쉽다. 실제로 그런 예가 없는 것도 아니다.

대학 시절에 가령 월간지 『세카이』世界를 읽고 신입사원 시절에 『주간 아사히』를 읽었지만 근속 10년이 되자 주간지조차 귀찮아졌다는 사람이 있다면, 그의 독서에는 처음부터 무언가 잘못된 점이 있어서 축적이 이루어지지 않은 것이라고 봐야 한다. 독서 생활에서의 축적은 물론 단어의 개념 문제만은 아니다. 그러나 단어의 개념은 그 출발점이 된다. 왜냐하면 독서 생활에서 단어의 개념은 말하자면 목공 공구와 같아서, 훌륭한 작업을 하려면 공구가 날카롭게 벼려져 있어야 하기 때문이다. 독서의 축적은 먼저 단어의 개념을 꾸준히 자기 것으로 만들어 가는 노력을 통해서 이루어지며, 그 다음에 필요한 것이 경험의 축적이다.

## 경험의 축적이 필요하다

여러 책들 가운데 어떤 책은 단어 또는 개념의 조합만으로 이루어져 있어서 일반적인 생활과는 관계가 없는 책도 있다. 가령 기하학 교과서가 그렇다. 그런 책은 개념의 논리적 조합 자체가 곧 내용이 되므로 각 개념들을 정확히 이해하고 논리를 정확히 짚어 나가면 원칙적으로는 책을 전부 이해할 수 있다. 그러나 일반적으로 대부분의 책은 그 정도로 순수한 개념의 조합으로 구성되어 있지 않으며, 항상 경험과 밀접한 관계를 가지고 서술된다. 그 경험의 무게가 가장 큰 책, 다시 말하면 기하학의 대극에 있는 책이라면 가령 예술 작품에 대한 작가 자신이나 관람자의 감상을 서술한 책이 있겠다. 이런 책을 읽을 때는 단어의 의미를 아는 것만으로는 거의 아무것도 이해할 수 없다. 그런 책은 한 문장에서 다음 문장으로 진행될 때 순수한 논리의 질서에 따르지 않으며, 말하자면 경험의 질서에 따르기 때문이다. '문구의 의미는 알겠는데 납득하지는 못하겠다'라는 것도 그런 책을 읽을 때 경험할 것이다.

여행 안내서라는 것이 있다. 결코 이해하기 어려운 책이 아니며, 읽기만 하면 누구나 글의 의미를 쉽게 알 수 있다. 그렇지만 내 경우에는 교토와 나라를 여행하기 전까지만 해도 여행 안내서를 끝까지 읽어 내지 못했다. 하지만 그곳에서 사원 지붕의 젖혀진 모습, 목조 불상으로 표현된 장삼자락의 옷 주름, 정원에 깔린 하얀 모래를 달구는 한낮의 태양을 보고 나니 도쇼다이지唐招提寺는 언제 창건되었다거나 감진鑑眞 화상이 그곳에서 수행했다는 등 여행 안내서의 내용이 그렇게 재미있을 수가 없었다. 직접 여행하기 전에는 너무 무미건조해서 도저히 계속 읽어 나갈 수 없던 책이었다. 또 나는 고등학교 시절에 가부키 극장의 3등석에 열심히 드나들게 되면서 모쿠아미의 명작을 탐독하기도 했다. 무대에 흥미가 있었기 때문에 극본을 읽을 수 있었던 것이며, 연극을 즐기지 않을 때는 극본도 읽지 않았다. 그 뒤 나는 프랑스 문학을 읽기 시작했는데, 프랑스 희곡은 읽지 않고 있었다. 그러던 내가 현대극뿐 아니라 고전극으로 거슬러 올라가 프랑스 희곡을 읽게 된 것은 파리에서 극장에 드나들게 된 뒤였다. 아니, 문학만이 아니다. 의학부 학생 시절에 보던 해부학 교과서도 실습 시간에 진짜 인골을 참조하며 읽으니 활자가 전부 살아 있는 것 같았다. 실습하지 않은 내용을 교과서만으로 이해하려고 할 때는 참으로 어렵고 따분했다. 이렇듯 아무래도 대부분의 책에는 간단히 설명하기 힘든 미묘한 성질이 있는 것 같다. 인정과 관련된 책만이 아니라 인골에 관한 책에서도 그렇게 반응한 것을 보면, 자신의 경험과 통하는 책을 열심히 읽고 그렇지 않은 책은 무시하는 수밖에 없을 것 같다.

## 당신만 이해하지 못하는 까닭

가령 고바야시 히데오 씨가 화가 도미오카 뎃사이(근대 일본 화단의 거장, 1837~1924)에 대해서 쓴 책을 잘 이해하는 사람도 있고 그렇지 못한 사람도 있을 것이다. 어렵다고 생각하는 사람도 있고 쉽다고 생각하는 사람도 있을 것이다. 왜 사람에 따라서 이해도가 다르고 난이도가 달라질까. 그것은 고바야시 씨가 구사하는 단어의 개념을 얼마나 정확히 알고 있는가가 아니라, 독자가 뎃사이의 그림을 얼마나 접했는가, 즉 독자에게 그의 작품을 본 경험이 있는가의 여부, 또는 그 경험의 농도에 따라서 달라지는 것이다. 이는 기하학 교과서와는 사정이 사뭇 다르다. 초등기하학 교과서가 어렵다 혹은 쉽다고 말하는 것과, 고바야시 씨의 뎃사이 평론이 쉽다 혹은 어렵다고 말하는 것은 그 의미가 상당히 다르다고 하겠다. 고바야시 씨의 평론 『뎃사이』의 경우, 독자가 한 문장을 읽고 그 어휘들의 뜻만을 이해하는 것으로는 결코 그 책을 이해했다고는 말할 수 없을 것이다.

여기서 정말로 이해한다는 것은 그 문장을 읽고 단순히 재미있어 하는 것이 아니라 고바야시 씨가 거기서 왜 그런 말을 했는지를 납득한다는 것이다.

"이 정리定理에서 왜 이 명제가 도출되는가?" 이것은 논리의 문제이고, 논리의 문제는 언어로 표현할 수 있다.

"이러한 첫 느낌에서 어떻게 저런 감상을 내놓을 수 있는가?" 이것은 논리의 문제라기보다 경험의 질의 문제이다.

경험의 질은 결코 언어로 충분히 표현할 수 없다. 상상하는 수밖에 없다. 상상하지 못한다면 두 문장은 연결되지 않을 것이다.

## 난해함을 극복할 수 있는 유일한 방법

독자는 글을 읽을 때 문장을 뒤에서 지탱하고 있는 저자의 경험을 느껴야 한다. 그러나 그것을 느끼려면 독자가 저자의 경험과 비슷한 종류의 경험을 이미 가지고 있어야 한다. 진정한 난해함은 거기에 있다. 그 난해함을 극복하는 방법은 단 하나, 그 그림을 보면서 같은 종류의 경험을 자기 것으로 만드는 것뿐이다.

다른 말로 하자면 기하학 교과서는 '만인이 지능을 동등하게 부여받았다'라고 할 때, 그 만인을 대상으로 쓰인 책이다. 차분히 숙고하고 충분히 연습하면 누구나 모든 내용을 이해할 수 있을 것이다. 그러나 고바야시 히데오 씨의 『뎃사이』는 만인을 대상으로 쓰인 책이 아니며, 뎃사이의 작품을 본 적이 있는 사람, 혹은 적어도 고바야시 씨가 뎃사이를 보면서 경험한 것과 동일한 종류의 경험을 다른 화가의 작품을 통해서 얻었던 사람들만을 대상으로 쓰인 책이다. 다시 말해 누구나 이해할 수 있는 책이 아니다. 이해하지 못하는 사람이 있는 것은 당연하다. 독자의 처지에서 보자면 고바야시 씨의 『뎃사이』 같은 책은 뎃사이의 작품을 본 적이 없는 독자라면 애초에 읽지 않는 것이 좋을 것이다. (이는 비유적으로 하는 말이며, 설사 뎃사이의 작품을 본 적이 없어도 가령 다이가大雅, 세잔 등 다양한 화가의 작품을 보면서 깊은 체험을 거듭해 온 사람이라면 충분히 읽을 수 있을지 모른다. 더 구체적으로 말하자면 고바야시 씨의 글에 관한 한, 문제는 뎃사이 자체가 아니라 뎃사이의 작품을 접한 고바야시 씨의 경험이며, 그 경험의 질이 독자의 경험의 질과 통하는가의 여부라는 것이다.)

## 남의 일 같지 않다는 것

요컨대 본 적이 없는 그림에 관한 평론서를 읽는 것은 그 책의 난이도와 상관없이 원칙적으로는 불가능한 일일 것이다. 마찬가지로 들어 본 적이 없는 음악에 대한 평론서를 읽는 것도 순수한 기술적 이해 말고는 별다른 성과를 얻을 수 없을 것이다. 그러나 역으로 뎃사이의 작품을 풍부하게 접해 온 사람에게는 고바야시 씨의 글은 조금도 난해하지 않을 것이며, 아마 그처럼 자연스럽고 쉽게 이해되는 것도 없을지 모른다. 고바야시 씨가 『모차르트』를 썼을 때, 많은 작곡가들은 처음 접하는 고바야시 씨의 책을 조금도 어렵게 느끼지 않았다고 한다. 그러나 고바야시 씨의 문예 평론에 익숙한 문학청년들은 아마 한 사람의 예외도 없이 그 문장을 어렵다고 느꼈을 것이다. 어려우냐 쉬우냐는 문장 쪽의 문제가 아니라, 독자가 모차르트를 들은 적이 있느냐의 여부, 아니 다들 들어 본 음악이라고 해도 얼마나 주의 깊게 들어 왔느냐 하는 것으로 귀착할 것이다.

고바야시 씨의 글만이 아니다. 또 그림과 음악만의 이야기도 아니다. 흔히 하는 말 중에 '남의 일 같지 않다'라는 말이 있다. 내가 경험이라는 단어로 말하고 있는 이야기는 어렵거나 특별한 내용이 전혀 아니며, 요컨대 어떤 책을 읽고 이해한다는 것과 남의 일 같지 않다고 느끼는 것 사이에는 밀접한 관계가 있다는 것뿐이다. 물론 남의 일 같지 않다는 것만으로는 이야기를 완전히 이해했다고는 할 수 없다. 지카마쓰 몬자에몬의 『소네자키신주』曾根崎心中를 듣고 그 삼각관계가 남의 일 같지 않다는 생각만으로는 조루리의 맛을 제대로 즐겼다고 할 수 없을 것이다. 그러나 삼각관계 경험이나 사랑의 도피행각 경험만이 아니라 애초에 연애 경험부터가 전혀 없는 어린이들에게는 아마 『소네자키신주』처럼 난해한 작품도 없을 것이다. 영리한 어린이라면 줄거리는 이해할 것이다. 음악에 민감한 아이라면 조루리 가락을 익힐지도 모른다. 그러나 이런저런 것들이 전체적으로 왜 그 대목에서 그렇게 되는지, 작자에게나 관객에게나 왜 그것이 그렇게 되어야 하는지 하는 핵심적인 내용은 여전히 아리송할 것이다. 어린이가 『소네자키신주』를 관람하는 것은 뎃사이의 그림을 본 적이 없는 사람이 고바야시 씨의 『뎃사이』 평론을 읽고 모차르트를 제대로 들어 본 적이 없는 사람이 모차르트에 대한 평론을 읽는 것과 전혀 다르지 않다. 그러므로 난해하긴 하지만 어느 정도는 이해한 것 같다고 해도 그런 것에 큰 의미는 없을 것이다. 지카마쓰는 『소네자키신주』를 연애 경험이 있는 성인을 위해서 썼다. 고바야시 씨는 뎃사이의 그림을 본 적이 있는 사람을 위하여, 모차르트의 음악을 들어 본 적이 있는 사람을 위하여 평론을 썼다. 문학과 예술에서는 대체로 그럴 거라고 본다.

## 나에게 필요한 책은 나에게 반드시 쉽다

역사나 사회과학에서는 이야기가 전혀 달라진다. 그리고 기하학 같은 영역과도 다른 점이 있다. 무엇이 어떻게 다른가 하는 것을 이야기하자면 한이 없겠지만, 요컨대 역사나 사회과학 분야의 연구 작업은 그것이 위대한 작업일수록 역사가나 학자의 개성과 연결되어 있으며, 개성과 연결되어 있는 만큼 저자의 인간적 경험에서 완전히 분리할 수 없다. 물론 역사 분야나 사회과학 분야의 글을 읽는 것은 저자의 인간적 경험에 깊이 천착하지 않아도 가능한 일이며, 문학이나 예술 분야와는 달리 그런 읽기도 나름대로 의미가 있다. 그러나 가령 마키아벨리의 『군주론』에 추상적 단어로 서술되는 정치론이나 사회관은 그 배경에 이탈리아 르네상스기의 구체적인 권력 투쟁과 정치 투쟁이 있고, 그 투쟁에 한몫했던 마키아벨리 자신의 경험이 있고, 그 경험에서 도출된 일종의 철학이 있다. 그 점까지 짚어 내지 않으면, 아니 『군주론』은 애초에 그 점까지 읽지 않으면 제대로 이해하기 어렵다. 저자의 경험과 그의 이론을 따로 떼어 내서 생각할 수 없는 것이다.

그러나 경험이란 어떤 특수한 상황에서 어떤 특별한 사람에게 우연히 주어지는 것이다. 누구나 동일한 경험을 갖고 있다고는 말할 수 없다. 어떤 사람의 경험은 마키아벨리의 경험과 통하고, 또 다른 어떤 사람의 경험은 그의 경험과 통하지 않을 것이다. 그렇기에 관점을 달리하는 사상이 그토록 많은 것이다. 남이 쓴 책을 읽어도, 그 사람과 우리 독자 사이에 동일한 질의 경험이 공유되어 있지 않다면 분야가 역사라 해도, 정치학이나 사회학 분야라 해도 진정하고도 철저한 이해는 쉽게 얻을 수 없을 것이다.

한편, 쉽다 혹은 어렵다는 말로 책을 말한다면, 누구에게나 어려운 책, 누구에게나 쉬운 책이라는 것은 드물다. 그것은 사람에 따라 다르며, 일반적으로 『군주론』은 어렵다 혹은 쉽다고 말할 수 없다. 한 발 더 나아가 말하자면, 나에게 어려운 책은 나에게 필요 없는 책이고, 나에게 필요한 책은 나에게 반드시 쉽다고까지 말할 수 있다. 조금 더 구체적인 사례를 들어 보자.

## 인구의 10만 분의 1밖에 이해하지 못하는 책

미국의 사회학자 파슨스(1902~79)의 『사회체계이론』은 전후 미국에서 저술된 가장 난해한 책 가운데 하나로 유명하다. 만약 당신에게 미국인 친구가 있다면 파슨스에 대하여 물어 보라. 십중팔구 이름도 들어 보지 못했다고 대답할 것이다. 혹시 그 친구가 사회과학 계통의 학문, 가령 정치학이나 경제학을 전공했다면 필시, "이름은 들어 봤지만 무슨 말인지 알 수 없다는 그런 책은 당연히 읽어 본 적이 없지."라고 대답할 것이다. 만약 그 미국인 친구가 사회학자라면 아마 한 번쯤은 읽어 봤을 게 틀림없다. 그리고 대부분은 쓴웃음을 지으며, "잘 모르겠더군."이라고 말할 것이다. 파슨스를 매우 재미있게 읽었다고 말하는 사람은 미국에서도 10만 명 중에 1명도 없을 것이다.

그렇다면 그 책은 어째서 난해한지, 혹시 그 책을 재미있게 읽는 방법은 없을지가 궁금해진다. 그 난해함이라는 것은 요컨대 『군주론』이 논할 것과 비슷한 내용을 기하학 교과서와 같은 방식으로 논하려고 했다는 데 있지 않을까 생각된다. 그런 책을 재미까지는 바라지 않아도 적어도 지루하지 않게 이해하며 읽기 위해서는 첫째, 기하학에서와 같이 모든 단어의 개념을 정확히 이해하고 익혀서 논리를 면밀하게 짚어 보려는 자세가 필요하다. 둘째로, 『군주론』을 읽을 때와 마찬가지로 매우 추상적인 서술을 읽을 때는 그 배경을 상상하는 것이 필요할 것이다. 그런 읽기는 솔직히 매우 번거롭고 시간이 많이 걸리는 일이다. 『사회체계이론』이라는 것에 별 흥미가 없는 사람은 그런 번거로운 읽기까지 감수할 필요는 없을 것이다. 내가 이렇게 현실과 동떨어진 이야기를 꺼내는 까닭은, 난해한 책을 보자면 한편에 기하학 교과서가 있고, 다른 한편에 고바야시 씨의 『모차르트』가 있으며, 그 사이에 『군주론』 같은 책이 있지만, 그것과는 다른 형태로서 이러한 난해함도 있을 수 있다, 그리고 그 난해함을 반드시 극복해야 할 독자가 있다면 그는 과연 어떤 방식을 취해야 할까, 라는 이야기를 하고 싶었기 때문이다.

그 방식은 조금 덜 전문적인, 혹은 조금 덜 어려운 책을 읽는 데도 시사해 주는 바가 있다. 일반적으로 추상적인 글을 읽을 때 내용이 어렵게 느껴진다면, 그 내용을 하나의 구체적 상황에 적용해 보면 어떻게 될까, 하는 것을 상상해 보는 것도 좋은 방법이다. 만약 그런 상상이 잘되기만 한다면 추상적 서술밖에 없어서 어렵다고 느껴지던 책도 별안간 쉽게 보일 수도 있을 것이다.

예를 들면 『경제원론』을 읽으며 군고구마를 생각하는 것이다. 농촌의 밭, 밭일과 비료, 수확한 고구마를 시장에 내는 데 드는 운임 등 우리가 군고구마를 먹을 때까지의 과정을 생각하면서 추상적, 일반적 내용을 읽는다면 한결 명백하고 이해가 쉬울 것이다.

철학에서의 사례를 보자. '존재는 본질에 선행한다'라는 말이 도대체 무슨 말인지 모르겠다는 사람도 많을지 모른다. 알 것 같지만 확실하지는 않다. 그럴 때 나는 책상 위의 담뱃갑을 집어 들고 그 담뱃갑이란 존재가 담뱃갑의 본질에 선행한다는 말이 무슨 뜻인지를 생각해 본다. 내 손에 감촉되고 있는 것은 종이상자라는 물체이다. 물체가 먼저 존재하고 그 물체의 본질이 담배인지 상품인지 고체인지를 결정하는 것은 나의 관점이다. '존재는 본질에 선행한다'라는 것은 대체로 그런 말 같다고 이해하면, 그때까지 아무래도 명확하지 않았던 말의 의미가 이내 확실해진다. 핵심 하나가 확실해지면 나머지는 술술 풀린다고까지는 말할 수 없다 하더라도 한결 이해가 쉬워지는 것은 분명할 것이다.

친절한 저자라면 독자에게 그 상상의 열쇠를 줄 것이다. 그러나 냉정한 저자라면 주지 않을 수도 있고, 또 뛰어난 이론가가 꼭 뛰어난 심리학자는 아니므로 독자들이 상상력의 열쇠를 필요로 한다는 사실을 저자가 잊어버릴 수도 있을 것이다. 그럴 때는 독자 스스로 상상력을 가동해야 한다. 그 열쇠를 찾기만 하면 영문 모를 책이 그 순간부터 술술 풀리는 경우도 결코 드물지 않다. 가령 경영에 관한 책을 읽을 때 자신이 잘 아는 특정 회사의 경영을 생각하며 읽으면 추상적인 논리를 그냥 따라가는 것보다 훨씬 이해가 빨라질 것이다. 난해해 보이는 이론적인 책들을 전문가들이 비교적 빨리 읽을 수 있는 것도 논리를 읽으면서 동시에 떠올릴 수 있는 구체적인 사례들을 많이 알고 있기 때문일 따름이다.

그러나 뭐니 뭐니 해도 정말로 어려운 것은 책을 쓰는 일이지 저술된 책을 읽는 것은 아닐 것이다. 새로운 착상은 누구나 할 수 있는 일이 아니다. 하지만 누군가 착상한 것을 이해하는 것은 기본적으로 그리 어려운 일은 아닐 것이다. '콜럼버스의 달걀' 일화도 있지 않은가. 물론 그럼에도 엄연히 난해한 책이 세상에 존재한다는 것을 부정할 수는 없지만 말이다.

## '구하라, 그러면 얻을 것이다'

지금까지 말해 온 것을 정리해 보자면 첫째, 가가와 가게키가 말했듯이 어려운 책은 대개 문장이 좋지 못하거나 저자 스스로 논지를 충분히 이해하지 못했거나 둘 중의 하나이다. 여기서 잘못은 독자가 아니라 책에 있다. 가령 학생들의 이론 투쟁 과정에서 나오는 글이나 선문답 풍의 통속적인 글, 또는 신문이나 잡지에 종종 실리는 미술 비평 따위가 그렇다. 이런 글들은 일본어라는 관점에서도 매우 불량할 뿐 아니라 아마도 그걸 쓴 본인도 무슨 말인지 꼼꼼하게 추궁하면 제대로 대답하지 못할 것으로 짐작된다. 둘째, 나쁜 책은 없으며, 훌륭한 책 중에도 어려운 책은 있다. 그러나 그것은 누구에게나 어려운 것은 아니며 어떤 사람에게는 어렵고 다른 사람에게는 쉬울 수 있다. '구하라, 그러면 얻을 것이다'라고 했다. 무언가를 갈구하는 사람이 『로마서』를 읽으면 『로마서』는 어렵지 않을 것이다. 갈구하지 않는 사람이 읽으면 『로마서』는 어렵다. 문장이 불량한 탓도 아니고 저자의 생각이 모호한 탓도 아니다. 문제는 책이 아니라 독자 쪽에 있다. 어떤 책이 나에게 어려운 까닭은 결국 내가 그 책을 구하지 않기 때문이다. 다른 말로 하자면 적어도 지금은 내가 그 책을 필요로 하지 않는다는 것이다. 요컨대 나에게 어려운 책은 불량한 책이거나 불필요한 책이거나 둘 중의 하나이다. 내가 필요로 하고 잘 쓰인 책이라면 애초에 어려울 수 없다. 그러므로 '어려운 책을 잘 이해하는 방법'이란 존재하지 않는다. 우리에게는 '필요한 모든 책을 잘 이해하는 방법'만이 있는 것이다.

Epilogue

# 후기, 또는 30년 후

1960년 봄, 기시 내각의 안보조약 개정에 반대하는 대중 운동이 한창이라 도쿄 시내가 뒤숭숭했다. 그 시절 한 출판사(고분샤)가 나에게 고교생을 대상으로 '독서술'을 써보지 않겠는가, 쓴다면 신서판 베스트셀러로 만들어 보겠다고 했다. 당시 나는 팔리지 않는 책을 몇 권 쓴 적이 있는데, 그런 책에 비하면 베스트셀러를 쓰는 것은 훨씬 쉬울 거라고 호언했지만, 말만 할 게 아니라 실제로 그럴 수 있다면 재미있겠다고 생각했다. 그래서 나는 '독서술'을 구술하기로 하고, 구술을 필기한 원고를 손질해서 책을 만들되, 이를 위해 한 달 이상은 투입하지 않겠다는 방침을 정했다. 마침내 나는 일단 구술을 해놓고 그 해 가을 캐나다로 건너가 버렸다.

캐나다에서는 너무 바빠서, 일본에서 부쳐 준 구술 원고를 다시 읽고 손질할 시간이 없었다. 한동안 묵혀 두었다가 겨우 원고를 다듬고 서문을 쓴 것이 1962년이었다. 구술을 포함하여 원고 작성에 들인 시간은 아마 한 달 이내였고, 베스트셀러 이야기는 반신반의, 아니 거의 농담으로 알았다. 그런데 뜻밖에도 이 책이 베스트셀러가 되고 그 뒤 수십 년이나 쇄를 거듭하며 읽히게 된 것이다. 이게 고분샤판 『독서술』이다.

그런데 최근 이와나미쇼텐의 동시대 라이브러리에 『독서술』을 넣자는 제안이 있어서 새삼 다시 읽어 보니 30년 전에 쓴 내용이 지금도 그대로 통한다고 할까, 지금의 나도 30년 전의 내 의견에 찬성할 수 있는 내용처럼 보였다. 그렇다면 출판사가 바뀌면 새로운 독자도 얻을 수 있을 거라는 생각에 처음 책을 낸 고분샤가 승낙해 준다는 조건 아래 이와나미쇼텐의 제안을 받아들였다. 그리하여 완성된 것이 이 이와나미판 『독서술』이다.

이 책을 처음 펴내고 30년이 흘렀는데, 그동안 세상에는 무슨 일이 있었나. 미국은 베트남 전쟁을 치르고 일본은 경제적으로 고도성장을 했다. 중국에서는 문화대혁명이 일어나고 일본과 미국 사이에는 경제 마찰이 있었다. 또 소련은 해체되고 일본의 자민당 지배체제는 마침내 안정되었으며 세계는 미소가 대립하는 냉전 시대에서 미국이 유일한 초강대국으로 호령하는 시대로 이행했다. 나 자신은—내 인생의 후반기라고 해야겠지만—일본에서 지내는 동시에 북미나 멕시코, 영국, 프랑스, 독일, 이탈리아, 스위스 등의 유럽

나라들을 옮겨 다니며 지내게 되었다. 그동안 가장 많이 방문한 나라는 중국이었다.

30년 전의 『독서술』은 지금도 그 요지를 바꿀 필요가 없지만, 사례 중에는 너무 오래된 일이라 요즘 독자들이 모르는 것들이 적지 않을 것 같았다. 가령 지금은 사라진 소련에 대한 이야기는 사례로서 적당하지 않을 것이다. 이번 책에서는 그런 사례를 최대한 삭제하고 표현을 조금 바꾸거나 다른 사례로 바꾼 곳이 있다. 그러나 그것은 사례로 든 사건에 관한 대목에서 부분적으로만 이루어졌을 뿐 큰 줄거리는 조금도 바뀌지 않았다. 애초에 '독서술'이라는 것이 30년 남짓 만에 바뀔 수는 없는 것이다.

이번에 다시 읽어 보면서 내용을 추가하거나 하지는 않았다. 내용을 덧붙이자면 한이 없다는 점도 있고, 너무 많이 덧붙이면 다른 책이 되어 버린다는 점도 있어서 본문에는 일체 가필하지 않기로 했다. 다만 그 후에 느낀 점은 이 '후기'에 두 가지 정도만 덧붙여 두겠다. 하나는, 외국에서 독서하는 문제에 대해서이다. 최근 외국에서 생활하는 사람이 늘어났으니—앞으로 그렇게 될 독자를 포함하여—조금은 참고가 될지 모른다. 또 하나는 이 책에서 내가 그다지 강조하지 않았던 독서의 즐거움에 대해서이다. 물론 즐거움만을 위해서 책을 읽는 것은 아니다. 그러나 즐겁기 위해서 책을 읽기도 한다. 인생을 즐기는 데는 다양한 방법이 있고, 책을 읽는 것도 그 가운데 하나이다. 오락이라는 면에서 볼 때 독서에는 어떤 좋은 점이 있을까. 오락으로서의 독서의 효용을 이야기해 보겠다.

## 외국에서 책 읽기

짧은 외국 여행이라면 출국할 때 원하는 책을 가져가면 되지만, 외국 체류가 길어지면 그것으로는 부족하다. 특히 일본에서 새로 나오는 책은 특별히 배송 받는 것 말고는 구할 길이 없게 마련이다. 어지간히 큰 도시가 아니면 시내 서점에서는 일본 책을 팔지 않는다. 서점에서 파는 것은 당연히 그 나라 언어로 쓰인 책이다. 외국에서 일본 책을 읽으려면 어떻게 해야 할까.

만약 그 도시에 큰 대학이 있으면 그 대학에는 일본을 연구하는 과가 있을 것이다. 베이징에도 파리에도 영국의 케임브리지에도 미국 매사추세츠 주의 케임브리지에도 그런 과가 있다. 일본을 연구하는 과에는 상당히 많은 일본 책이 있고, 대학에 따라서는 중앙도서관에 일본 책이 대규모로 비치되어 있다. 그러나 그런 도서관에 소장된 것은 주로 고전이고 최신간은 드물다. 대학 도서관에서 편리하게 볼 수 있는 일본 책은 신간이 아니고 고전이다. 나는 외국에서 생활하는 동안 일본 신간은 거의 읽지 않았지만 일본 문학의 고전은 많이 읽었다. 캐나다 밴쿠버에서 지낼 때는 브리티시컬럼비아대학 도서관에서, 미국 코네티컷 주 뉴헤이븐에서 지낼 때는 예일대학 중앙도서관에서. 어느 대학에서나 교편을 잡고 있었으므로 적어도 일본 문학의 고전을 이용하는 데는 아무런 문제가 없었고, 내가 원하는 책이라면 도쿄에 있을 때보다 더 쉽게 언제라도 볼 수 있었다.

물론 누구나 대학 교수로 생활하는 것은 아니다. 그러나 교수든 유학생이든 도서관 이용에서는 다를 것이 없다. 또 대학과 무관한 일을 하더라도 마땅한 절차를 밟으면 대학 도서관을 이용할 수 있을 것이다. 읽을 만한 일본 책은 거기에 있다. 굳이 최신간 베스트셀러 나부랭이를—이 책이 그렇지 불리지 않기를—무리해서까지 구해다가 읽을 일은 없을 것이다. 그러면 시대에 뒤처질까? 아니, 뒤처져도 상관없지 않을까? 어차피 일본의 상황은 어지럽게 변하므로 내가 귀국할 즈음에는 또 다른 정세로 변해 있을 것이다. 여하튼 외국에서 생활할 때 일본 책을 읽는다면 고전에 집중하는 것이 가장 효과적일 거라고 생각한다.

그리고 시내 서점에서는 그 나라의 책 중에서 재미있어 보이는 책을 고른다. 그런 책은 얼마든지 있다. 쉽게 구할 수 있어서 좋을 뿐 아니라 가령 영국 책—아니, 일반적으로 그렇게 말할 수는 없는지 모르지만—적어도 영국 문학은 영국에서 읽어야 더 재미있을 것이다. 셜록 홈스 이야기를 도쿄에서 일본어 번역본으로 읽으면 그저 오래된 탐정 소설에 지나지 않는다. 하지만 영국에서 셜록 홈스를 읽으면 거기 등장하는 거리나 들판, 호화 저택에 대한 묘사는 얼마 전에 본 풍경을 생생하게 떠올리게 하고 등장인물의 풍채나

말투는 몇몇 지인을 떠올리게 할 것이다. 현실과 거리가 먼, 추상적인 추리의 재미뿐 아니라 깊은 정취를 풍기는 환경에서 나오는 매력적인 인물의 흥미로운 심리 묘사까지 즐길 수 있는 것이다. 그 지역의 자연과 문화, 역사와 사회는 또 그 지역의 언어와 연결되어 있다. 그러므로 나는 영국에서는 영국 소설을, 프랑스에서는 프랑스 소설을 읽는다. 고전에서 신간까지. 신간은 영국이든 프랑스든 어느 나라에서나 흔하므로 굳이 일본 신간을 보내 달라고 부탁하지 않아도 외국에서 충분한 정보와 지적 자극을 얻을 수 있다.

## 독서의 즐거움

독서는 혼자서도 누릴 수 있는 즐거움이다. 바둑을 두려면 상대가 필요하다. 야구를 즐기려면 자기 외에 적어도 열일곱 명이 호응해줘야 한다. 그런 놀이는 언제 어디에서나 가능한 것도 아니다. 도구나 설비도 필요하고, 경우에 따라서는 엄청나게 넓은 장소가 없으면 시도할 수도 없다. 독서는 설비도 필요 없고 어디로 나갈 필요도 없고 누구와 상의할 필요도 없으며 내키는 대로 언제 어디서나 가능하다. '반딧불의 빛과 창밖의 흰 눈'은 가난한 사람에게 등잔용 기름이 너무나 비싸고 빈부의 차가 심했던 옛날의 이야기이다. 요즘은 전기가 들어가지 않은 곳이 없으니 원하기만 하면 누구나 밤낮 없이 원하는 책을 읽을 수 있다. 이렇게 편리한 오락도 없을 것이다.

더구나 독자의 체력도 거의 문제가 되지 않는다. 남녀노소 누구나, 심지어 병자라도 대개는 책을 읽고 즐길 수 있다. 피곤할 때도 재미있고 쉬운 책을 고르면 된다. 더구나 돈이 별로 들지도 않는다. 책값이 비싸졌다고 하지만 시내 패밀리 레스토랑에서 하는 외식 두어 번만 참으면 어느 책이나 살 수 있다. 그래도 버거울 정도로 비싼 책이라면 공공 도서관에 있을 터이니 거기에서 빌려 보면 한 푼도 들지 않는다. 이렇게 저렴하고 편리한 즐거움을 모르는 사람이 있다면 그 딱한 사람은 동정 받아 마땅할 것이다.

'오디오' 혹은 '비주얼' 정보가 활자 정보를 몰아내는 시대가 왔다고 말하는 사람이 있다. 얼마 전 맥루한(캐나다의 미디어 이론가, 1911~80)이라는 엉터리가 그런 흑색 선동을 해서 머리가 그다지 좋지 않은 수많은 사람들을 놀라게 한 일도 있다. '비주얼'이란 시각적이라는 뜻이니, 가령 한 남자 혹은 여자의 얼굴을 초상 사진으로 보여 주는 것도 '비주얼' 정보이다. 그러나 다른 어느 누구와도 다른 얼굴의 특징을 언어로 표현하는 것은 쉬운 일이 아니다. 초상 사진은 활자 몇 십 페이지, 아니 아마 수백, 수천 페이지에 상당하는 정보를 단번에 전할 수 있다. 그러나 그 남자 또는 여자가 어제는 소바를 먹었다, 내일은 우동을 먹을 것이다, 라는 활자 한 행에 불과한 정보를 전하지는 못한다. 초상 사진은 인물의 현재이며 과거와 미래는 표현할 수 없다. '비주얼' 정보와 언어를 통한 정보(그 가운데 하나가 활자 정보)는 서로를 보완하는 관계이지, 한쪽이 다른 쪽을 몰아내거나 한쪽이 다른 쪽을 대신하는 관계가 아니다.

언어는 귀로 들을 수도 있다. 귀로 듣는 것이 '오디오'이다. 활자로 된 문장은 소리 내어 읽어서 녹음기에 저장할 수도 있다. 그러나 그런 저장이 편리한 경우도 있지만 불편한 경우도 있다. 활자 문장이 아니라 음악이라면 녹음기는 분명히 편리한 도구이다. 하지만 육법전서를 녹음기로 녹음하는 것은 너무나 불편해서 아무도 시도하지 않는다. 요컨대 활자 시대 뒤에 '오디오 비주얼' 시대가 온 것이 아니라 활자 정보에 '오디오 비주얼' 정보가 가세했을 뿐이다. 양쪽 다 즐기면 되는 것이며, 어느 한쪽만 고를 필요는 전혀 없다.

그러면 독서 자체에는 어떤 종류의 즐거움이 있을까. 그것은 사람에 따라 책에 따라 다를 것이다. 공통된 즐거움을 말하라면 지적 호기심을 거의 무제한으로 충족시킬 수 있는 점이라고 할 수 있겠다. 어떤 분야에서나 책은 수없이 많아서, 고구마 줄기를 당기듯 한 권 또 한 권 집어 들면서 얼마든지 지식을 얻을 수 있다. 세상에는 호기심을 자극하는 대상이 한없이 많으므로 대상을 옮겨 가며 호기심의 영역을 넓혀 갈 수도 있을 것이다. 독서의 즐거움은 무한하다. 남는 시간을 주체하지 못하겠다, 할 일이 없어 심심하다고 말하는 사람의 심리처럼 알 수 없는 것도 없다. 인생은 짧고 재미있는 책은 많다. 하루 한 권을 읽어도 일 년에 365권. 그러기를 수십 년 계속하는 것은 사실상 불가능하므로 평생에 1만 권을 읽는 것도 어려울 것이다. 그래 봐야 150만 권이 넘는 도쿄도립중앙도서관 장서의 1퍼센트에도 미치지 못한다. 재미있는 책을 다 읽는 것은 누구에게나 불가능한 일이다.

모든 책은 특정한 언어로 쓰여 있다. 일본에서 출판되는 책은 대부분 일본어로 되어 있다. 책을 많이 읽는다는 것은 일본어를 많이 읽는다는 것이고, 일본어 표현의 다양성, 그 아름다움과 매력을 느끼는 것이기도 하다. 나는 책을 통해서 일본어 문장을 즐겨 왔다. 그것도 독서의 즐거움 가운데 하나이다.

1992년 12월 도쿄에서

가토 슈이치